KB106634

묵시록

묵시록

윤의섭 시집

민음의 시 209

민음사

여기 실린 시편들로
'그렇군' 하는 끄덕임을 얻을 수 있다면
어쩌면 수수세기 지난 후에야 생겨날지도 모를
모든 가능한 것의 실재에 대한 예지를
부지불식간에 경험한 것이라고
생각해 보는 어느 날

2015년 4월
윤의섭

차례

Ⅰ

Ⅰ-i

이날 지상의 모든 잔존물은 한 권의 책 속으로 빨려 들어가 단 한 줄로 요약된다 그 문장을 읽은 사람은 아무도 없다 짐작컨대 지구력에 대한, 또는 인류에 대한 간략한 언급일 테지만 어제같이 달이 떠오르고 향기로운 미풍 귓불을 스쳐 가는데도, 어디선가 마악 꽃봉오리 터지려는 순간인데도 어떻게 종말이 이루어질 수 있는가 징조는 도처에서 가냘프게 떨거나 울고 있지만 누구도 알아보지 못한다 징조는 그녀일 수도 있다

Ⅰ-ii

이날 없던 별이 나타난다

Ⅰ-iii

새벽 여섯시 육분육초 시계는 멎는다 떠오르던 태양이 지평선에 굳어 있다 승천하려다 절정의 순간을 간직한 채 곧추선 물안개 비늘처럼 흩날리다 하늘에 붙박인 꽃잎들 새소리 반쯤 들려오다 멈춰 버린다 육신 가운데 가장 먼저 정지하는 것은 방금까지 흐르던 기억이다 영혼은 폐쇄된다

다만 아무도 죽지 않았고 아무도 살아 있지 않다 밤새 텔레비전은 저절로 세 번 켜졌고 그때마다 부정되었다 화면을 비집고 나오려다 실패한 동물의 왕국과 사막의 모래와 메마른 강물을 맨발로 걸어간 자는 이천 년 전 지층으로 내려가 화석이 되었다 새벽 여섯시 육분 육초 시계는 혼자 움직인다 세상이 시작되었지만 어디에서도 미동조차 없다 아무런 변화도 없으므로 아무런 절망도 없다 끝을 알지 못했으므로 구원도 없다 한없이 멈췄다는 사실을 몰랐으므로 한없이 멈췄다는 사실을 모른다

Ⅰ-iv

이날 모든 문이 일제히 닫힌다

Ⅰ-v

그녀의 거리는 향기롭다 그녀는 몰약을 부어 줄 남자를 찾아다닌다 그녀가 예언자라면 눈이 먼 것이다 예언자가 아니라면 음부가 먼 것이다 노래를 부른다면 미칠 줄 안다는 것이다 그녀의 악기는 부서진 지 오래여서 절정을 부를 때면 늘 아프다 그녀가 걸음을 디디면 목련이 떨어졌다 잠

시 앉을 때면 비가 내렸다 하늘을 바라보면 깨진 달이 떴다 그녀를 스쳐 볼 때마다 내게선 한 계절이 지난다 그녀는 유행가를 흥얼거린다 세상 끝에서 새어 나오는 듯한 목소리가 거리에 차오른다 이 마지막 세례는 처음이었다

Ⅰ-vi

이날 모든 눈에서 눈물이 흐른다

II

Ⅱ-ⅰ 일분 전

초저녁별이 유난히 붉은 날 사람들의 등 뒤로 달의 날개가 펼쳐진다 그렇게 달은 정확히 반으로 갈라진다 꽃을 피울 줄 아는 모든 식물에선 생의 주기와 관계없이 일제히 꽃이 핀다 내릴 수 있는 눈비가 한꺼번에 내리고 초침은 한 번에 사초씩 움직인다 눈치 빠른 연인들은 애써 위로하고 모녀는 문을 걸어 잠그며 역사가는 장문의 史料를 옮겨 적기 시작한다 하여 그들의 직감은 모두 빗나간다 끝없는 끝이라는 전대미문의 시작을 알 리 없으므로

Ⅱ-ⅱ 하루 전

눈여겨보았어도 눈을 떼지 않았어도 분명 놓친 장면이 있다

수천 마리 가창오리가 떠오르며 공중무덤을 짓는다

갈대숲으로 들어간 바람은 갈가리 찢긴 채 숨을 멎는다

어떤 전조는 늘 보아 오던 풍경 속에 담겨 있다

땅거미는 인간의 땅으로 더 이상 전진하지 않는다

해가 지고서도 밤은 오지 않는다

이날 늘 함께였지만 언제나 혼자였다는 씁쓸한 고백을

듣는다
　혼자였다는 그것이 놓쳐 버린 전조일까 그뿐일까
　모른다 아무도 모른다 그러므로

　간간이 떨어지는 비는 신의 구역질이다

　Ⅱ-iii 일곱째 날
　신의 휴일에 인간은 첫 번째 아침을 맞이한다
　종말의 시작일이기도 하다

　Ⅱ-iv 일초 전
　그녀는 밥 한 숟갈을 입에 넣으며 환히 웃는다 웃는 척 한다 갑자기 몸서리 쳐진다 소름 끼치는 한기가 등골을 타고 흐른다 한 달을 병원에 다녔지만 원인을 알 수 없다고 한다 누구는 무병이라고 하고 누구는 가족력을 알아보라고도 한다 얼핏 마당에 巫具를 파묻는 장면이 떠오르기도 한다 그러나 神氣는 그녀에게 있다 나를 느낄 수 없다는 것이다 저 극단의 고독은 지독 그녀가 선사한 최후의 감각은 슬픔이다 그토록 부질없는 예언

III

그리하여 지상에는 문장이라는 별이 쏘다닌다
굶주린 들개처럼 한 줄기 빛까지 빨아들인 철저한 암흑이
모든 의미이기도 하고 어떠한 의미도 아닌 재앙이
고독조차 없이 시작과 끝조차 없이
한때는 죽음이라는 말이 있었다
또는 사랑이라는 불가사의한 언어가 있었다
멸망은 말이 떠오르지 않을 때 찾아온다
신이 스스로를 이름 짓지 않았기에
오직 직유의 덩어리만이 굴러다닐 뿐이다
처럼, 같은, 듯이, 인 양, 인 듯, 같이, 듯
왼쪽에 은밀한 기억을 집어넣어 보아라
세상은 결합되고 부활을 꿈꿀 수 있다고 믿겠지만
이루어지지 않을 것이라는 사실만이 불변의 진리이다
별은 홀로 춤춘다
더 이상의 연민은 존재하지 않는다
연민은 곧 직유이므로
멸망 이후에 안온하다면 이는 혼자라도 온전한 때문이다

IV

아침부터 기대 이상으로 우울하다
내파는 이미 진행 중이다

처음 벌레를 죽이는 일은 너무나 간단했다 첫 번째 살생의 용이함으로 최후의 살생까지 면죄되리라 내 안에서 부처가 죽었듯 그녀는 죽었다 어떤 카르마는 후생으로부터 온다 구유와 도축장과 정육점과 식탁이 그렇듯 우린 동시에 나란히 존재한다 하여 잘 살고 있다는 소식이 천년 걸려 전해졌더라도 살생의 날은 무디지 않았다

오늘도 비가 내리고 있다 인간에게 바쳐진 눈물
신의 수위를 넘어선

그리 짧지는 않았지 삼천육백오십일 한 번쯤 속살을 드러낸 적도 있었지 멈춰 가는 심장에 대고 고마웠다고 말해 주었지 네 부활의 주기는 오 년 시계 약을 두 번째 갈아 끼우며 이 약발로 다시 오 년을 살아라 몇 번이고 다시 살아라 생사여탈은 한 손에서 이루어진다

태양은 사라진 지 오래다
밤은 아니었지만 밤일지도 모른다
나팔소리 따위로 비구름이 걷히진 않으리니
무엇이 나를 냉소적이게 하는가
이 행성이 마지막 순번이라면
잊힌다는 것도 잊히지 않을 것이다
그녀의 별도 나의 별처럼 젖어 갔을 것이다

빗방울마다 그녀가 담겨 있다
무참한 소식이다

V

이것은 바람 연두 오래된 가혹
이것은 니르바나 비극 몰살
나는 전해지지 않는 비급을 가르치기로 한다
눈으로만 볼 수 있는 건 아니므로 그대
눈 먼 그대 인간이여
적막엔 거대한 압정이 박혀 있다
종말 이 괴기한 식물은 꽃을 먼저 피우고 뿌리는 서서히 내린다
그러니 바다를 보려면 한 방향으로만 달리면 된다
끝장이란 언제나 간절한 자리에 놓여 있다
말하자면 수평선은 네 등에 있다는 것이다
이것은 그대 어깨에 내린 빗방울, 구름의 국경으로부터 망명한
이것은 발 아래 떨어진 꽃잎, 수만 송이 죽음의 예행
내가 보여 줄 수 있는 것은 결코 다음 생으로 이월하지 않는다
환희를 보고 싶다면 그것은 불가능이라고 말할 것이다
사랑을 보고 싶다면 그것은 이 세상에는 없는 것이라고
나는 무지하거나 무기력한 것이다

나는 그대에게 바다 없는 바다를 가르쳐 준 것이다
이것은 볼 수 없는 행성 모래무덤들의 수평선

VI

중음 사흘 회귀불능점을 지나다
앞서 간 일행에게선 어떤 전갈도 오지 않았다
길을 나설 때부터 환생의 조건을 따져 본 것은 아니었다
산등성이를 넘으면서는 달의 자리에 귀를 걸어 놓았고
눈은 북극성 뒤켠에 심장은 태양이 진 자리에 묻은 채
영혼은 남루하였으므로 간신히 떠도는 한 줄기 햇살로도 기워지다
기억을 방생할 순간이 온 것이다
감각이 남아 있다면 저렇게 육신이 찢어져 나갈 때보다 더 아플 것이다
미망의 권능 내가 두려운 것은 모두를 잊어서가 아니라 모두에게 잊히기 때문이다
최후에는 그녀를 흘려보내다
이제 달은 그녀의 속삭임에 귀 기울이기를 멈추고
북극성마저 더 이상 빛나지 않는다
누군가 사자의 서 한 페이지를 넘긴다
중음 마지막 날 지나온 길은 모두 지워지다
길 끝에 무엇이 기다리고 있는지에 대해서는 어떤 전갈도 전해진 바 없이

이날은 천년 지층에서 발견된 화석이다
들릴 듯 말 듯 흐느끼는 울음이 녹음되어 있는

VII

다가올 날에 대해 말하고 있으므로 나는 참언
모두이자 하나인 무덤을 보고 있는 미료

가장 슬픈 독법은 바람을 읽는 것이다 저 풍장을 보라

나는 햇빛을 향해 혓바닥을 내민 새싹에 대해 침묵하겠다
나는 빗줄기가 분획하는 추억을 이어 붙이지 않겠다
우산을 펴지 않겠다 노래하지 않겠다 나는 지옥이니

쓰이지 않을 책이니
비명조차 새겨 넣지 못할 묘역

이날 경야를 치를 새도 없는 절멸이었으므로 나는 미리 너의 밤을 지킨다
너는 참혹한 꿈과 함께 썩어 간다
오랜만에 무지개가 떠올랐으나 일곱의 빛을 다 헤아리지 못한다
잠에서 깨어났으나 잠에서는 깨어나지 못한다

언젠가 마지막 페이지가 넘어가고 책장이 덮일 것이다
한 장의 파지처럼 나뒹굴 것이다

금기에 대해 말하고 있으므로 나는 형인

서녘 하늘은 어느새 노을의 봉인을 풀었다 저 살기를 보라

Ⅷ

아마추어 점성술사

언제인지 모른다는 것만은 장담합니다
눈먼 점성술사라도 이날 죽어 가는 별자리의 신음이 들
립니다
누구든 별의 종족이 아니었던 때가 없었습니다
혹 잠에서 깨면 백억 년을 넘도록 울었다고 느끼지 않나요
여행을 떠날 때마다 꼭 가야 할 궤도가 정해진 듯하진
않았나요
이날 우리는 돌이킬 수 없는 원일점에 다다릅니다
피의 강물 메마른 사막이 되어 갑니다
더 이상 보기 싫어 눈멀었습니다
복채는 눈 위에 놓아주시기 바랍니다

마야의 달력

달력에 표시된 동그라미의 의미는 결국 떠오르지 않았다
이날은 누구의 생일도 아니고 기일도 아니며 약속일도
기념일도

아니다 특별히 좋아하는 숫자 없으면 좋을 날짜 휴일 휴가
공연일 상연일 동창일 동호회일 검진일 월급일 아니다
인쇄 실수든가 종말일이든가 둘 중 하나는 아니다
올해 달력도 아니다

비본

그런 책이 있다는 소문은 익히 들었다 노스트라다무스가 숨겨 놓은 또 다른 예언서이거나 원상결의 저자가 남긴 참서일지도 모른다는 추측이 있긴 하지만 누가 썼는지 중요하진 않다 내용에 대해서도 정확히 알려진 것은 없다 우주의 탄생과 인류의 멸족에 관한 신의 비밀이 담겨 있다는 기록도 믿을 것은 못되었다 가을바람이 지나가자 나무들은 한시름 내려놓듯 잎을 떨구었다 문득 그 책이 펼쳐졌다는 생각이 들었다 때가 되었고 정해진 일이라는 것은 인간을 무력하게 만든다 잔인하게도 책장이 덮이기까지 예년과 같은 풍경이 펼쳐진다 단풍 구경을 하고 열매를 걷고 첫눈을 기다린다 이날 그녀는 갈비뼈처럼 잎맥이 선명한 낙엽을 끝장놀이에 꽂는다 그 페이지부터 기원전과 기원후가

갈라진다 책에는 문자가 쓰여 있었지만 아무도 읽을 수 없었다

IX

이렇게 앉아 노을 젖은 가을나무를 바라보는 일 함께 물들어 가는 일 낙엽 지듯 함께 무너지고 함께 묻혀 버리는 일 이렇게 앉아 단풍과 노을을 무한히 닮아 가는 동안 어느 지평선은 새벽을 맞이한다 태양의 매장과 발굴은 동시에 이루어진다

이날 평소와 다름없이 저녁식사를 차리고 가족들 귀가하고 하루 일을 얘기하다 잠시 창밖을 바라보고 이날 일어난 전쟁 이날 일어난 기적 늘 그래왔으므로 아무 일도 벌어지지 않은 어제와 꼭 닮은 이날

나는 지금 종말의 동시성을 언급하는 중이다
일시무시일 일종무종일 시작이 하나였으니 종말도 하나

죽다라는 말이 동사이듯 닮는다는 것은 일치하는 순간을 향해 서로 움직여 왔다는 것이다
그러므로 닮는다는 것은 돌이킬 수 없는 상실이다 눈먼 새는 나비처럼 난다

이날 모두를 잃고 우린 가을과 저녁과 단풍과 전쟁과 기적과 종말과 미친 듯이 닮아 간다

다음 계절은 기록으로만 남는다

X

X-i

추락이 전부가 아니라는 듯 낙엽은 음모를 품고 있다 지상으로 향한 비와 눈과 진눈깨비와 달빛과 햇살과 유성과 낙진과 무지개는 불멸의 비가역성을 믿고 있다 인간이 제외되었으므로 저들의 환생은 불온하다

늙은 바람이 지나간다 아주 오래된 이야기 나뭇잎의 입술을 빌려 언제나 예언을 전해 왔지만 그건 바벨탑을 지나면서 갈라져 나온 알 수 없는 방언이었다 이번 생의 출구는 애초부터 막힌 것이다

나는 홀로 벤치에 앉아 있고 그녀는 아직 오지 않았다

X-ii

이날 사람들은 같은 꿈을 꾸다 깨어나는 꿈을 꾸다 깨어나는 꿈을 꾸다 깨어나는 꿈을 꾸다 깨어나는

X-iii

식탁에는 주기에 맞춰 미역국이 올라올 것이다
하루쯤 휴가를 내고 여행을 떠나고
어느 이국의 식물원에 심긴 화초처럼 낯선 땅에 안착할

수도 있다

다음 계절은 늘 저 너머에서 차례를 기다리고 있을 것이며

내년 달력은 어느 예언서보다 발 빠르고 정확하게 제작된다

그리 쉽게 오지 않을 거라고 했다 적어도 영겁은 기다려야 할 거라고도 했다

그렇게 천천히 눈멀어 온 것이다

은하의 눈꺼풀이 감기듯 봉인이 진행 중이었으므로

어제와 다름없는 저녁을 맞이했다고 생각한다

외면 없는 희망은 없다

그러므로 모든 희망은 슬프다

X-iv

이날 너무나도 잠깐 사이 새들은 하늘을 뒤덮고 무덤들이 봉기하고 새어나올 수 있는 온갖 비명이 떠다닌다 아무도 보거나 들은 자가 없다

X-v

벤치에는 누군가 앉았다 간 흔적이 남아 있다 발 디딘 자리에 뭉개진 풀 그건 초조함 가운데가 빈 원을 그리며

쌓인 낙엽 그건 인내 아직 체적을 따라 남아 있는 온기 그건 격렬했던 체온 왕복을 거듭한 발자국 그건 미련 혹은 사랑

사랑 언젠가 스친 적도 있겠지 가벼운 감기처럼 아니면 입김처럼 왔다 갔겠지 순식간에 신의 입자로 가득 찬 인개를 통과한 느낌 영원의 지느러미였을지도 모르지 인간의 것이 아니었으므로 온통 역린으로 뒤덮인 구토라고 명명해야 할 그것 사랑

그녀는 다시 오지 않았다 그녀라는 종말은

기적

저리 내리는 함박눈이
한때 달빛이었을 확률은 얼마나 되는가
눈 쌓이는 지붕 아래에서 문득 잠들면
아침에 깨어나지 못할 확률은 얼마인가
정말 오랜만에 친구를 만났지만 꿈결인 듯
무슨 말을 나누었는지 떠오르지 않고
커피숍에 혼자 앉아 있었다는 증언만이 전해졌을 때
소리 없이 가라앉는 저 많은 눈송이를
나 혼자 보고 있다는 확률은 따져 볼 필요조차 없어졌다
지난겨울 북구로 날아간 철새가
오늘 베란다 화분에 새로 핀 꽃잎이라는 걸 안다고 해서
아니면 간밤에 대기권을 살짝 빗겨 갔다는 운석이
커피숍에 앉아 있었다는 걸 기억해 냈다고 해서
기적이라고 떠들어 댈 것까진 없다
함박눈이 곧 달빛이라고 믿지 않는다면
누구라도 불후의 광인이 되지 않을 가능성은 희박하다
바람 한 점 불지 않는데 함박눈이 창가로 몰린다
적설의 발원지가 이 방이었다는 사실이
아침에 밝혀질 확률은 과연 발굴되기라도 할 것인가

협연

별들이 나타나기 전까지 달은 혼자 노래하지 않는다고 느끼는 건 노을을 타고 흐르는 바람의 플룻과 나무들의 피아노 연주가 어울린다고 생각하는 선

혼자서는 뭔가 부족했다는 거
독주로는 비인간을 넘어설 수 없다는 거

혈점을 짚듯 가로등이 켜진다 저렇게 몰두하지 않으면 저녁은 완성되지 않는다 공원을 산책하는 사람들의 묵언수행과 온종일 불 켜진 편의점의 고행에는 신의 가호가 스며 있다
그런 거다 혼자가 아니고 싶으면 완벽하게 혼자여야 한다 별은 별로 달은 달로 바람과 나무 사이를 넘나들며 제 갈 길을 운행해야 한다 이 지구에선 쉽게 고독할 수 없다 인간은 좀 더 떨어져 있어야 좀 더 가까워질 수 있으며 이 별은 얼마나 가까운 간극이었단 말인가

그러니 나와 취향이 같으면 좋겠어 그건 함께 고독해지는 일

일어나자마자 커피를 마시고 산책길 나무는 꼭 고개 들어 올려보고 절판된 책과 담배와 듣지도 않는 레코드를 수집하고 달력에는 절대 메모하지 않고
그건 서로 쓸쓸해지는 일

저녁의 교향곡을 같이 듣는 일
듣다가 차례가 되면 너를 연주하고 너는
나를 지휘하는 일

바람의 뼈

바람결 한가운데서 적요의 염기서열은 재배치된다

어떤 뼈가 박혀 있길래
저리 미친 피리인가

들꽃의 음은 천 갈래로 비산한다
돌의 비명은 꼬리뼈쯤에서 새어 나온다
현수막을 찢으면서는 처음 듣는 母語를 내뱉는다

생사를 넘나드는 음역은 그러니까 눈에 보일 수도 있다는 것이다
최후에는 공중에 뼈를 묻을지라도
후미진 골목에 입을 댄 채 쓰러지더라도

저 각골의 역사에 인간의 사랑이 속해 있다
그러니까 모든 뼈마디가 부서지더라도 가닿아야 한다는 것이다
파열은 생각처럼 슬픈 일은 아니다

하루 종일 풍경은 바람의 뼈를 분다
來世에는 언젠가 잠잠해지겠지만
한없이 스산하여 망연하여 그리움이라든지 애달픔이라든지
그런 음계에 이르면 오히려 내 뼈가 깎이고 말겠지만

한 사람의 귓불을 스쳐 오는 소리
이제는 이 세상에 없는 음성을 전해 주는 바람 소리
그대와 나 사이에 인간의 말을 웅얼거리며 가로놓인 뼈의 소리

저것은 가장 아픈 악기다
온 몸에 구멍 아닌 구멍이 뚫린 채
떠나가거나 속이 텅 비어야 가득해지는

결로 무렵

바람은
바람이기 전에 달빛이었느니

만질 수 없는 것들이 오래 묵으면 저렇게 간절한 이무기 되어
풀잎의 신을 신고 숲의 옷을 입고 유랑한다

참으로 긴 나날을 은밀히 이어 온 이주
무수한 바람이 생멸하였으나 뼈 속에서도 모체의 흔적은 발견되지 않았고
달 쪽으로는 고개조차 돌려본 적 없다

달빛 머금은 이슬이란 그러므로 바람의 마지막 모습이다

먼 행성으로부터의 연착륙 이른 아침의
물컹한 결집 군집 운집 응집 그리움이란 소리 소문 없이 다가서서 가슴에 뭉치는 것
풀잎 끝에 피어난 이슬의 위치가 달빛이 도달할 수 있는 궁극의 벼랑이라는

생각은 내가 궁극의 그리움으로 벼랑 끝을 향해 치달리고 있다는 생각과 무엇이 다를까
달빛과 바람과 이슬의 잠행처럼 얼마나 내밀해야 하는 걸까

월력을 마감한 늙은 달의 내음 가끔 비치던 금성의 내음 아침노을의 내음 스산한 구름 내음 어느 이국의 거리를 떠돌던 낙엽 내음 출근길 행인의 머리칼 내음 따스한 눈빛의 내음 상냥한 인사의 내음 침묵의 내음 무심히 사라지는 내음 어딘가에 숨어 있다 홀연히 나타나는 내음 전날 전전날 그전전날 맡아 보았던 내음 결코 무렵엔 문득 떠오르지 않는가 달이 생겨나던 날의 비릿한 내음까지

이슬은
이슬이기 전에 숨이었느니
잊혔었거나 한 번쯤 죽었다 살아나 간신히 피맺힌

비의 문양

빗방울이 떨어질 때까지의 경로에 대해선 알려진 바 없다
최단거리를 달려왔을지라도 평생을 산 것이다
일설에는 바람의 길을 따라왔을 거라고 한다
해류를 타고 흐르는 산란인 듯
어디에 안착한다 정해졌더라도 생식할 가망 없는 무정란인 듯
구름의 영역 너머로 들어선 빗방울은 추락하지 않는 달을 본다
스스로의 길을 따라 휘도는 성운을 본다
귓전을 가르는 바람소리 속에서도 궁륭 가득 흐르는 神律을 들으며
빗방울이 어떻게 미쳐 갔는지에 대해선 알려진 바 없다
살점을 떼어 내며 살생의 속도로 치달리는 운명이란
길을 잃고 천공 한가운데서 산화하거나
영문도 모른 채 유리창에 머리를 짓찧고 흘러내리거나
하늘길 지나오면서는 같은 구름의 종족과 몸을 섞기도 했다
나란히 떠나왔던 친구는 어느 나무 밑동에 뿌려져 이미 잠들었다

발을 디디고서야 빗방울은 최초로 신음한다
이 기나긴 침묵으로 흐린 하늘 가득하다
구름으로부터 그어진 무수한 여정으로 흐린 하늘 슬프다
오직 고요의 춤만이 허락된 비행으로 흐린 하늘 눈부시다
지상을 적시며 빗방울은 비로소 몸을 묻는다
천구를 가로질러 온 경로다

落葉文

상황은 이렇다
벽을 타고 날아가던 낙엽이 그야말로
바싹 마른 낙엽이 벽에 붙어 떨어지지 않는 것이다
휘어진 엽맥과 사라진 생기 지난날
태양을 받치고 폭우를 빗겨 기게 했으며
그늘 펼쳐 영지를 뒤덮었던 숲의 부족
나뭇가지에서 떨어져 나가기 전에 이미 죽어 버리는
잎들의 예언서엔 추락이라는 말이 없다
단풍으로 만장을 내걸고 나무는 풍장을 치르는 중이다
한차례 바람이 불어 지상으로의 이장이 펼쳐지면
낙엽 그토록 가벼운 운구
빗물 고인 웅덩이에서 별이 되기 전에
하염없이 구르다 구석에 쓸린 채 불이 되기 전에
떨어지다 처음 닿은 자리에서 낙엽은 문득 깨어나는 것
이다
살길은 바람의 방향으로 나 있다
더 이상 갈 곳 없을 때까지 거리를 몰려다니며
불안에 떨며 소스라치며 곤두서며
벽에 붙은 낙엽의 공포가 엽맥을 타고 흐른다

이미 죽은 것들은 산 것이 무십다

바람에 휩쓸리며

낙엽들은 추락 이후에 대한 긴 문장을 휘갈긴다

불시착

앞집 담장에는 수의를 맞춰 준다는 현수막이 걸렸다
싸늘한 가을바람이 휘감긴다
어젯밤부터 눈치는 채고 있었다
길가의 풀벌레들이 다가서는 기척에 가로등 점멸하듯
올음을 끌 때
좀 전까지 보이던 별이 갑자기 사라졌을 때
그러나 이 과묵한 아침에 어김없이 돌고 있는 미장원 간
판과
필사적으로 햇살을 헤집는 플라타너스 잎새는 왜 낯설
지 않은가
베란다에서 세상과 연을 다한 장미는 줄기에 매달린 채
풍장을 선택하고
몇 개월째 방치되었던 차는 감쪽같이 사라졌다
한 무리가 모여 앉아 밥을 먹는다
수북한 고봉의 묘혈을 판다
새로 이륙하기 어렵다는 사실은 모두 알고 있다
언제나 마당을 깨끗이 쓸어 싸리비 자국이 선명하다
활주로 표식처럼 돌멩이를 가지런히 고르고 물을 뿌렸다
방바닥의 먼지를 걷어 내고 제식처럼 하루 종일 가구를

문지른다

  오늘도 별빛은 내려올 것이다

프레임

Ⅰ

이른 아침 터미널 가는 길은 일종의 코마 상태다
꽉 짜여진
빗나갈 기미가 보이지 않는 모서리에 이르러 버스를 타면
이 장면에서 간신히 사라시는 거다

Ⅱ

꼿꼿한 골산이다
북벽을 오른다 태양이 지나간 적 없는 절벽
위에서는 계속해서 사람들이 떨어진다
추방 오로지 추방
누군가 증오스럽다는 듯이 내뱉었다

산정에 발을 디디면 왜 뛰어내려야 하는지 안다

산에서만 부는 바람이 있고 산에서만 휘날리는 햇살이 있고 인간계를 모르는 나무가 살고 아무도 지켜보는 이 없이 피고 지는 들꽃이 살고 지금껏 이랬나 싶어 한참 보고 있자니 무서워지고 참을 수 없어지고 비극적이고 희극적이고

그렇게 절벽 아래로 뛰어내린다

Ⅲ

모서리에서 다시 등장 왔던 길을 되짚어 간다
아침에 보았던 과일트럭이 여전히 있다
얼굴은 비슷해 보이지만 주인이 다르다
몇 개째인지 모를 달이 떴다
출구 없는 모서리까지 가서는 다시 돌아선다 그래 코마

Ⅳ

사진첩에는 나를 찍은 사진 한 장 없다 어느 사진에선 절벽 아래 피어 있는 코스모스 무리가 환하게 웃으며 쳐다본다 거기 가 봤을 것이다

담장에 기대어

기댄다는 것은 이렇게 등이 따습고
멀리 텅 빈 나뭇가지를 바라보면서도 무너지지 않을 거라 위로할 수 있는 것
내게

비가 내리면 묵묵히 젖어 주고
태양이 떠오르고 기울 때마다 사라지는 날들의
궤도를 새겨 주고
잃어버린 길이라도 물어 오면 다만 막혔을 뿐이라고 이 너머에 다 있다고
아니

피안은 늘 머리맡에서 찰랑이지

넘어서지 말아야 한다는 금기는 지켜져야 한다
모든 존재의 이유는 함부로 깨트려서는 안 된다
그러니까 외로움 같은 게 이끼처럼 차오르더라도 죽여 버릴 수는 없다
기댄다는 것은 이렇게 등 뒤를 무방비 상태로 맡겨 두고

배수진을 치고
　용납해야 한다는 것이다
　철새는 무심히 떠나가고
　희미하게 갈라진 금 사이로 꿈결인 듯 노랫소리가 들려
온다

　내
　유일한 배경이여
　온 몸으로 금이 번진다 같이 바라보던 별이 떠오르고
　금줄을 따라 결코 아물지 않을 별자리가 그어진다

그의 여행

모두 스쳐 간다
활짝 피었다가 꽃잎처럼 흩어져 간다
저들이 뒤에서 성채를 이루거나 갑자기 소멸하여도
다가오는 풍경 흘려보낼 뿐이다

당신은 어느새 겨울로 접어든 노래입니까
산 중턱에서 만난 일주문이 묻는다
그 밤 소스라치며 떠오른 별들의 가장 오래된 후렴을 듣는다

폐가가 되어 일생을 보내기도 했다
고목이 되어 마지막 잎새를 피워 보기도 했다
길고 긴 외경의 시간

가라앉은 책꽂이와 수북한 재떨이
식은 커피와 한켠에 고스란히 접혀 있는 고지서
변함없는 절벽
무심한 파도의 해안에 이르러 고생물은 여정을 멈춘다
음악을 틀고 무한반복을 설정한다

백과사전에서 행성 항목을 찾아 페이지를 넘긴다
차례차례 별들이 스쳐 간다
언젠가는 인간이 될 것이다

비철

열리지 않는 너의 눈꺼풀은
철의 장막

황금 시대도 백은 시대도 지나가고 노을 지는 이 저녁이 끝난이라는 느낌
붉게 녹슨 구름과 부식 중인 단풍과 내게 없는 자성을 가진 너의 심장에 달의 파편이 꽂혀 있다

철의 시대는 예언 없이 시작되었다
하긴 새들은 무거우니까 날 수 있는 거라고 말한 적은 있었지만

땅거미보다 무겁게 가라앉은 네 외면의 무게

말하자면 네게 나는 내게 너는 불순물이다
한 족속이라 명명했지만 전혀 다른 주기율에 속해 있다
연금술사가 실패한 이유는 섞기 힘든 관계를 애초부터 무시했다는 데 있다
절정의 온도에 오를 때마다 너에게서 나는 눈물처럼 분

리되는 성분

비류였으므로 비망이었으므로

바람마저 쇳내를 풍기며 쓰러져 갔고

네 발자국마다 철의 꽃이 피어났으며 가을나무에선 쇳소리가 새어 나왔다

비등점에 오른 하늘은 어떤 용광로보다 뜨겁게 달아올랐다

이제 우리의 순도는 조금 높아질 것이다

번짐

내가 음

이라고 고개를 끄덕이며 긍정하자 나뭇잎 한 장이 떨어진다

하긴 천수만에 철새가 날아올랐다고 해서 겨울이 오는 것은 아니지만

어렵사리 이별을 하고 다시 만날 일이 그리 쉽게 일어나지는 않겠지만

돌이켜보면 할 말을 잃고 네 앞에 앉아 있는 것도

언젠가 함께 해안에서 북극성을 바라보았기 때문이다

어쩌면 몇 해 전 이 지구에서 하루에 몇 명이 죽느냐는 질문에

조금만 더 살아 보라고 대답한 적 있기 때문이다

자리에서 일어서자 나뭇잎 한 장 또 떨어진다

느닷없는 목격은 서글픔인지도 모르겠다

누군가 유성을 보며 소원을 빌었을지도 모를 일이다

내 스산한 나무 아래에 서 있는 동안 너는 저만치 모퉁이를 돌아서고

겨울이 들이닥쳤고 겨울비가 내린다

공명

같이 운다는 뜻이다
그러니 나는 울음이며 나뭇잎은 울고 있는 중이다
앞서 떨어진 모든 낙엽은 울음이며 살아남은 자 역시 울음이다
그러니 나는 살아 있는 동안 밤마다 북극성을 쫓아다닐 게 분명하다
그 미개와 야만으로 은하가 눈물의 강으로 바뀔지라도
그리하여 온 별 사이를 지나 내 음이 네 음으로 부정될 때까지

雪夜

눈이 내리면 나무들은 고개를 숙인다
용납은 오래도록 쌓이다 서서히 기우는 일
저만한 적설을 이루기 위해 눈구름은 뼈를 발라내야 했겠지만
모든 마당과 모든 길과 모든 지붕을 뒤덮는다는 것은
때 되면 벌어지는 전멸의 시도다
저 눈송이들, 이 도시에 쌓이기 위하여, 혹은 머무르다 사라져 버리기 위하여
달의 중력을 끊어내며 집결하는 눈송이들, 우리들
언젠가 이 행성에 살게 되었고 어느 날 이 도시로 이사를 왔고
누군가 살다 묻힌 자리에 잠깐 머물기 위해 모여들고
다시 파묻히고 무덤이 쌓이고
빙점을 넘어서도 차가운 체온을 나누며 한 계절은 견디겠지
어쩌면 천상에서의 삶이 다하기 전에
온 몸을 쥐어 짜 지상에 복제품을 만드는 중인지도
현관 앞에 세워진 눈사람은 정말 눈의 사람이 될지도 모른다는 기대로

그들의 종말 이후 며칠쯤은 살아남을지라도
눈의 착륙은 한없이 처절하다
태어나면서부터 추락해야 하는 결정주의가 모태 신앙이며
가볍지만 가볍지 않은 모순이 생의 철학
적막강산 눈 받아들인다
저리 많은 체념 다 받아들인다
잠깐이나마 잘 지내다 가라는 말은 침묵한 채

부러짐에 대하여

죽은 나무는 저항 없이 부러진다
물기가 사라질수록 견고해지고 가벼워지고
아마 죽음이란 초경량을 향한 꼿꼿한 질주일 것이다
무생물의 절단 이후는 대개 극단적이다
살려 나간 깁 손집이는 웬만하면 혼자 버려지지 않는다
강철보다 무른 쇠가 오래 버티었다면 순전히 운 때문이며
용접 그 최후의 방편은 가장 강제적인 재생 쉽게 주어지지 않는 안락사
수평선 너머 부러진 바다와 구름 사이 조각난 낮달
나는 네게서 얼마나 멀리 부러져 나온 기억일까
갈대는 부러지지 않는다지만 대신 바람이 갈라지고 마는걸
편린의 날들은 사막으로 치닫는 중이다
이쯤 되면 버려졌다거나 불구가 되었다고 말하지 말아야 한다
언젠가는 스스로 부러질 때가 있었던 것이고
서로의 단면은 상처이기 전에 폐쇄된 통로일 뿐이라고
둘로 나뉘었으므로 생과 사의 길을 각자 나누어 가졌다고
조금 더 고독해지고 조금 더 지독해진 거라고

부러지고 부러져
더는 부러질 일 없을 때까지 부러
진 거라고

배례

노을에 물든 구름은 창가에 걸어 놓고
며칠 만에 들어놓은 식량은 돼지고기 우유 사과 포도 같은 과일 냉장고에 진설하고
널브러진 잠자리엔 수십 년째 꿔 온 악몽 한 마리 키우고 있다

구석에 모셔 놓은 책을 경배하는 것은 아니다
언젠가 들쳐 볼 날이 오리라
전진 배치된 거울을 보며 기억의 원근법을 무시한다
암각을 새기듯 방은 서서히 인화된다

그해 가을이 끝나 갈 무렵이었다 본격적인 발굴이 시작되자 의문은 늘어만 갔다 별점을 좋아했다고는 하지만 가구는 최근에야 발견된 별자리를 따라 진열되어 있었다 일기에 쓰인 글은 모두 실현되었거나 진행 중인 예언이었다 여전히 알 수 없는 것은 그가 얼마나 쓸쓸했는가였다 살았다는 흔적을 남기면서도 어떤 절연은 의식처럼 이루어졌다 그는 온 몸을 바닥에 붙이고 엎드린 채 잠들곤 했다 그 위

로 한 켜씩 어둠이 쌓였을 것이다

경외의 날들이 이어졌다

불가능한 추억

길을 걸었지
이천 년대의 어느 오후
아침부터 흩어져 간 비행운과 머리맡에 떠오른 초승달의 궤도를 쫓다 보면
나무그늘에 잠시 머문 내 좌표쯤은 쉽게 알아낼 수 있겠지
그게 어렵다면 북구의 황량한 초원에서 태어나 지금 막 도착한 저 바람의 연대를 따져 봐야겠지
아니지 쉽사리 국적을 바꾸는 바람은 어렵겠지 바람의 표본이라도 남아 있다면 몰라도
심장을 발화점으로 삼을 수도 있겠지
언제 식어 버렸는지 알고 있다면 뜨거웠던 날을 역추적해 보라는 말이지
불가능하다고 여기는 건 나만 보려 하기 때문이지
방금 비둘기 한 마리 날아올랐어
노선버스는 정확하게 정거장에 섰고 이 시간이면 늘 지나가는 그녀가 나타날 거야
어쩌면 나는 괜히 콧노래를 흥얼거리고 쇼윈도에 비친 얼굴을 보며 머리를 다듬었겠지
비행운이 다시 그려지기 시작했어 혜성이었을까 생각에

잠겼지

신화보다도 신비로운 생각이 탄생하고 있었지

소멸과 그리움에 대한 이야기를 들은 적 있다면 언제부터 구전되었는지 찾아보면 돼

한 열 번째 인류의 기원이거나 원시생물의 멸종 시대였다고 기록되어 있을지도 모르지

내가 잠시 살아 서 있었다는 흔적쯤은 남아 있지도 않겠지 다만

그것이 마지막 여행일지도 모르는 늙어 버린 바람이 눈앞에 지나가거나

초승달이 비행운을 그리며 날아오르거나

어디선가 콧노래가 들려오거나

그런다면 나무그늘 아래에 잠시 머물러 봐

곧 동화책에서 봐 왔던 그녀가 나타날 테니까

달의 일 년

달은 등 뒤에 서 있다
어제 공원에서 죽인 달보다 푸르고 우울하다

한참을 따라 걷다 어깨에 손을 얹는 달의 냄새는 늘 쓸쓸하다
삼백의 달을 파묻어도 피어나는 냄새

구름이 흩어지고 바다 없는 달의 수평선 드러나면
한 번도 바람에 휘날린 적 없는 나무가 수태한 적 없는 나무가
뿌리 대신 영원히 썩지 않는 고통을 박고 자라고 있다
영혼이 있을 가능성은 희박하다
어느 아침 잠에서 깨어 문득 낯선 행성에 살고 있다는 느낌은 왜 또한 곤욕스럽지 않은가
지난겨울부터 눈이 내린다 등 뒤에 서 있는 달의 얼굴이 흐릿하다
불가해한 사랑이라 해 두자
달의 암매장은 불경하지 않다

새벽이 오기 전 감쪽같이 끝내 버린 작곡

거울 깨고 다시 파편을 이어 붙여 잘려 나간 얼굴을 들여다보는 미망

아니면 달의 심장을 베어 먹고 그믐을 토하거나

달 해안에 닻을 내리기

죽은 달과 함께 일 년을

슬픔의 약력

어느덧 단풍 들 차례다
서녘에 파리한 얼굴을 반쯤 파묻은 낮달이 떴으나
이변으로 기록되진 않았다
하루마다 노을 지지만 파국의 흔적 어디에도 남아 있지 않은 것처럼
시월의 잉크가 나뭇잎을 물들여 가는 사태는 한 줄 문장으로도 기입되지 못한다
다만 이 모든 풍경을 바라보며 生이 긍휼해질 때가 있는 것이다
가지 잘려 나간 자리에 생긴 옹이를 평생 품고 살아야 할 나무다
흩어지면 다시는 처음으로 복원되지 못하는 구름의 결이다
거진 반세기 전 생년과 아무도 모르는 생몰연도는 빼 버리고라도
아침에 날아든 느닷없는 부고로 생긴 남은 날의 퇴적층만이 아니라
한나절 가짜 굴비 절대 아니라며 떠들어 대는 트럭 확성기에 지친 청력과

짐작했어도 돌이킬 수 없는 건강진단서 결과의 암담함과
오래전 잊은 사람 마음 뒤늦게 전해 들어 쓰리도록 아픈 가슴과
초저녁 서늘한 바람에 이유 없이 복받쳐 오르는 서글픔까지
이토록 간략한 역사가 없다
이제 곧 해거름이고 어둠이 짙어질 것이다
늘 겪는 순서이므로 누구나 다음 차례를 예언할 줄 안다
별이 떠오를 것이며 간혹 꿈을 꾸게 될 것이라고 점칠 줄 안다
그 와중에 희소성 없는 小事는 잊힐 테지만
어느 차례에 다시 등장할지 알 수 없는 일이다
오늘 약력이 반세기 전 생년에 이미 쓰였을지도 알 수 없는 일이다

비가 오기 전에

연인을 보내고 나는 아프다
이제 얼마나 많은 일이 생길지 지평선에서 비구름이 몰려오는 사이

추락 가까운 난풍잎이 가장 먼저 흐느낀다
물기를 머금은 바람 더 가지 못하고 쓰러진다
서서히 어두워진다
저토록 슬픈 마중 저토록 속절없는 임종 저토록 불길한 전조
쏟아지는 빗줄기에 갇혀 서서히 지워지면
그렇게 무너진 저녁 속에 녹아들면
헤어날 수 있을까 아프지 말았어야 했던 것일까
조금 젖을 뿐이라고 다 아는 듯 위로했지만
예언자여 이미 젖은 배는 가라앉을 뿐이다

아무 일도 일어나지 않을 것처럼 잠잠할 때도 있었다
잠시나마 행복했었다
나는
세상이 숨죽이고 있는 줄 몰랐던 것이다

멀리서 고해 같은 목소리가 들린다
더 멀리서 파도 같은 신음이 들린다
한 사람만 빼고 비구름은 그 모두를 몰고 온다

비의 圖錄

마당에 꽂히는 장대비에선 대숲 냄새가 났다
수직으로 늘어선 수평선
빗줄기에 베일수록 풍경은 시퍼렇게 날이 선다

그렇지만
이라고 반박하려다 그만둔다 비에 젖으면 비가 된다니 우산을 내리고 묵묵히 비를 맞기로 한다 비는 곧바로 온몸을 휘감는다 축축한 혓바닥이 들러붙는다 이 때문이었을 것이다 우린 서서히 식어 가는 체온이라고 비가 되면 각자 흘러 어느 지층인가로 사라져 갈 뿐이라고 스산해졌지만 우산을 다시 들지는 못한다 두 빗방울

장대비는 더 거세졌다
는개 안개비 가랑비 이슬비 여우비 보슬비 작달비 웃비
비님이라고도 했다
다 놔두고 종일 장대비가 쏟아진다
이렇게 세상이 잠기는데 종말에 대한 소식은 없다
비린내가 끼치고 거대한 바람고래가 산자락을 쓸고 지나간다

비 오는 날이 무서운 건 고요해서다
정말이지 음산하다

비는 뿌리를 내리는 중이다
지중을 파고드는 빗방울
서로 같은 뿌리를 가졌으므로 인연은 있을 것이다
빗줄기 피어오른다
구름꽃이 하늘 가득 피었다

그렇지만
이라고 말하려다 그냥 젖기로 한다 두 빗방울 인연은 있었을 것이다

두 인공위성

저녁부터 벚나무 가지 끝에 걸려 있던 별은 자정이 넘어도 제자리다
인공위성이었다는 얘기다
달의 해안을 스쳐 어느덧 목성 궤도를 거스른다
저것도 쏘아 올렸는지조차 잊히면 천상 별로 살아야겠지

새벽에는 또 다른 인공위성이 가까이 다가서더니 재빠르게 멀어져 간다
하루에 한 번쯤은 마주칠 운명을 지상에서부터 안고 올라간
두 인공위성은 서로 어색해 눈을 끔벅인다
저들의 동화책에도 견우와 직녀 전설이 프로그램 되어 있을까
모든 강과 산과 바다를 내려다보며 때론 기억하고 때론 전송하고
때론 태풍이 도시를 휩쓰는 광경을 목도하고 누군가의 죽음을 재생하고
나이 어린 별의 역사치고는 너무나 유서 깊어
두 별은 목례만 나누고 창창히 멀어져 간다

제 안에 담긴 전설만으로도 충분히 고통스럽다는 듯이

모국어가 달라도 잠깐은 대화를 나누었을지 모를 일이다
조만간 대지진이 일어난다거나
자신들이 궤도를 이탈할 순간에 대한 예보는 사소하다

내 알지 내 다 알지
두 인공위성은 말을 아낀다

鬼界

저렇게 해 지는 풍경은 처음이다
베란다 밖은 서서히 무너진다
아무래도 좀 더 살아야 되겠다

비사나무 숲으로 가는 길에 대화는 조금 희미해졌다
고향이 어디냐부터 시작해서 요즘엔 뭐하고 지내냐까지
건조한 선문답이 오가고 나서
문득 최근엔 무얼 죽였냐고 묻는다

표석을 보고서야 비자나무 숲인 줄 알았다
기린 같은 목을 세우고 울고 있는 나무
어두운 구석에서는 웅얼거리는 노래가 들린다
나무 중엔 귀신도 있다

재빠르게 어둠이 찾아왔지만 조용히 파묻히기로 한다
오늘은 달도 뜨지 않는다
나도 모르게 노래를 웅얼거린다
따라 부르며 귓가에 점점 다가오는 노랫소리
비자나무가 목을 기울이고 얼굴을 내려 본다

흠향한다
언젠가는 바닥날 제물
찬찬히

차생

폐차장에 끌려가는 날 가을비 내려
은행나무는 먼발치에 세워진 철의 봉분 위에 노란 은행잎을 뿌려 준다
바람에 몰린 낙엽은 바퀴 사이에 쉬 허물어질 둥지를 틀고
도금이 벗겨진 자리에 피어나는 붉은 녹의 꽃
그녀에게선 심한 방향제 냄새가 났다 백 년이라도 썩지 않을 至毒의 시간
해안에 밀려온 고래처럼 여기 좌초했다
밤바다 위에 뜬 별을 보고 싶었고
와이퍼 눈썹 휘날리도록 치달리고 싶었고
다가갈수록 멀어지는 무지개라지만 무지개라지만
그녀의 바다는 실종되었다 그녀의
모든 길은 절벽으로 이어졌다
차창에 달라붙은 은행잎은 좀처럼 떨어지지 않았다
지나가던 구름이 무슨 일인가 쳐다보다 이내 고개를 돌려 버린다
누가 금방이라도 문 열고 들어와 따뜻한 히터를 틀어 줄 것 같다
괜히 남은 일이 있다는 듯 빽빽한 발걸음을 뭉개 본다

사라져야 한다는 건 잊혀져야 한다는 건

견인차가 앞머리를 들자 그녀는 포기한 채 몸을 맡긴다

여기 말고도 세상은 있다

모퉁이를 돌아가는 바퀴살에 언뜻 무지개가 뜬다

사십이 페이지

이쯤 해서 절정으로 치달아야 할 텐데
그 흔한 불치병도 기억상실증도 없이
배경은 가을로 바뀌어
잠자리 날아다니는 붉은 고추밭에 앉아 있는데
하도 밋밋하여 띄엄띄엄 읽히는 게 분명한

단 한 명 남은 인류인 듯 주위엔 아무도 보이지 않는
이 사십이 페이지를 들여다보는 일은 대단한 곤욕일 것이다

구름인지 달인지 모를 뼛조각이 하늘에 떠 있고
멀리 여행 다녀온 미루나무 가족이 손 흔들며 인사를 하고
밭고랑에 들어간 바람이 무슨 짓을 하는지 고춧대 술렁거리고

이렇게 뜬금없는 공상을 해 봐도
앞으로 벌어질 일에 대한 복선이라면 모를까

그래도 나는 자리에서 일어나지 않는다
오늘은 여기 앉아 노을을 바라봐야 할 운명이다
나를 읽으려면 남은 생을 다 바쳐야 할 것이다
늑골 같은 행간을 들여다보고
거기 숨어 있는 여리디 여린 은유라도 발견하면
비행운처럼 점점 번지는 진한 밑줄도 그어 보고
이윽고 불타는 노을이 번져 오면
한 번도 저렇게 장엄한 노을을 본 적이 없다면
바람이 실어 온 고추 내음 매워 흘리는 눈물이라 말하지 마라
나를 읽고 가는 사람아
서녘으로부터 서서히 책장이 덮힌다

감모여재

내가 떠올릴 수 있는 최초의 기억에는 한 냄새가 남아 있다
무엇의 냄새인지 그 후로 똑같은 냄새를 맡아 본 적 없다
물기 잔뜩 머금은 구름이 처마 끝까지 내려온 날
흙에서 풀비린내 피어오르고
곧바로 소나기가 퍼부울 듯한 순간 나타났다 싶으면 사라지는 냄새
아지랑이 아련한 들녘
이랑을 덮은 비닐에서 김이 오르고 냉이가 돋고 쑥이 나고
늦겨울 찬바람 가끔씩 스쳐 가면 비슷한 냄새가 느껴지기도 하지만
영원히 맡지 못할 냄새라고 늘 포기하면서도
혹여 내 모르는 사이 다녀갔거나 내 몸 어딘가에 감춰져 있거나
그럴 때마다 더 희미해지는 냄새 그렇게
나는 긴 시절을 잘못했다 허투루 나이만 먹었다
맞춰 보려고만 했지 맡아 보려고 하지 않았던 것이다
냄새는 이미 이번 세상을 떠나 버린 것이지만
장롱 속 묵은 옷더미를 들춰 보며

구석에서 바래 가는 장서를 펼쳐 보며
어느 습한 오후 밭두덕에 슬며시 앉아 보며
나는 냄새를 부른다
방금 진 달이 나타나거나 그게 먼저 간 사람 형색일지라도

에필로그

새벽엔 해안을 따라 걸었다
이 바다는 어젯밤에 생겼다

별들은 서로 이야기를 한다
한여름의 은하는 소란스럽다
갑자기 조용해지는가 싶더니
아무 일 없었다는 듯 다시 수다를 떤다
누군가 죽었을 것이다
별무리에 끼었을 것이다

서늘한 바람이 귓불을 스치자
까맣게 잊었던 감각이 되살아난다
냉기와 냄새와 습도와 조명이 적절히 일치하면
설움 같기도 하도 외로움 같기도 하고
슬픔 같기도 한 느낌이
불현듯 찾아온다

별들의 이야기가 들리는 청각도 마찬가지다

새벽엔 해안을 따라 걸었다
이 바다는 방금 죽었다

습골

주파수가 잡히지 않던 라디오에선 갑자기
비가 오고 있습니다라는 차분한 목소리가 새어 나온다
마치 한 번도 그친 적 없다는 듯 그것이 마지막 소식이라는 듯
마량항 가는 길가엔 코스모스가 피었다
강진만을 따라 스며든 때 이른 가을
이 풍경은 방금 시작된 것이다
석양은 수면에 뿌려졌던 노을의 파편을 거둬들이는 중이다
바람결을 따라 흩어져 간 구름도 다시 모여 수평선 위를 걷는다
수습하지 못한 조각달처럼 떠다니다
다시는 구름으로 복원되지 못할 빗방울처럼 젖어들다
항구로 향하는 초저녁의 운구
이건 별을 모으는 일
파르스름한 하늘에 피어난 코스모스 같은 별
육지의 끝자락에서 일일이 불러들이는 일
굴곡이 심한 언덕길을 빠져나오자 강진만으로 추락
이라는 앞뒤 잘린 뉴스가 들린다

하늘에는 계속해서 별이 떠올랐다
서슴지 않는다

寂滅忍

폭풍이 분다
낙엽이 떠오르고 구름이 흩어진다
석양마저 지워지기 시작한다
이 길 일 년 전 지나간 적 있다 이 길은
십 년 전에도 지나간 적 있다 이 길 어렴풋이 떠오른다
폭풍 결을 따라 부유하는 바람무덤 속으로 빨려 들어간다
여기에 평생을 집결하는 중이다

나는 이렇게 들었다
바람이 옮겨놓은 산이 있고 하늘이 있고 거기 사는 늙은 전령이 있다고
오래전부터 갖고 있지만 아무에게도 전달하지 않은 밀서가 있다고

폭풍이 점점 심해진다
나는 차를 멈추고 검은 별의 성좌를 이루며 탈출을 시도하는 새 떼를 본다
대열에서 낙오한 새는 초승달처럼 흩날렸다
뒤따라오던 일행은 흔적도 없다

수륜 금륜 다 사라지고 풍륜 속에 잠기다

삶은 추신이다
이미 다 써 버린 기록 끝에 간신히 붙어 있는 한 줄 날숨이다
종말을 고하는 날짜까지 선명하게 새겨진 끝에
아쉬운 미련
여명 또는 오명
읽지 않아도 할 말 없는 안타까움 어쩌면
가장 중요한 사족
나는 이렇게 들었다
밀서에는 아무에게도 전달하지 말라는 추신이 쓰여 있다고

폭풍이 잠잠해지면
길을 떠날 것이다
아무도 읽지 않는 추신으로 떠돌 것이다

나는 이렇게 들었다

다시 폭풍이 불면 대열을 이탈한 초승달이 모여들 것이라고

그것은 추신들의 격렬한 춤이라고

鱗翅類

멀리 튤립 꽃밭 위로 한 무리의 나비가 날아간다

저들과 인연을 맺을 순 없을까 생각하는 사이 어디론가 사라지고

새로운 은하계가 발견되었다는 소식이 전해졌다

목성은 백 개의 달을 거느리고 온종일 폭풍이 분다는데

무어 그리 새삼스러울 것도 없다

내가 나비가 되어 튤립 꽃밭 위를 날아간다 해도

혹은 오늘 밤 달이 된다 해도

나와 인연이 닿을 순 없을까 나비들이 생각했다 해도

일식

서랍에는 미처 현상하지 못한 필름 한 통이 들어 있다
무엇을 찍었는지는 기억나지 않는다
어느 가을 온통 노란 은행나무의 거리거나
이젠 얼굴도 가물가물한 첫사랑이거나
우연히 지나가다 찍힌 바람이든
다소곳이 들어앉은 산이든 바다든
지금쯤 모두 늙었거나 사라져 버린

그러니 가끔은 슬퍼해야 한다
이 필름 통 속엔 불모지가 들어 있다
현상하기엔 너무 늦어 버린 망각의 사막
돌이킬 수 없는

필름은 태아처럼 웅크린 채 잠들어 있다
영원히 같이 살고 싶어 잠깐만이라도
나는 필름 통에다 대고 말을 건넨다
언젠가부터 나는 잘못 현상된 것이다

오전 열한 시 일식이 시작되었다

구름을 뚫고 나온 태양은 이미 달에게 뜯어 먹힌 채 빛의 피를 흘리고 있었다

천북

내륙 깊이 은밀히 파고든 바다는 고요하다
이윽고 굵은 빗방울이 쏟아지자 곳곳에서 끓어오르는 수면

은은히 울리는 북소리가 들린다
바다가 우는가 아니다 바다는 민감한 고막을 떨고 있을 뿐이다
북은 잿빛 하늘 저편에서 울리고 있었다
이제 일 악장

지금은 사라진 모래사장에서 참수형을 당했다는
순교자의 목이 떨어지는 순간 들렸다는
하늘 소리일 수도 있다
처음엔 작게 울리다 서서히 지축을 흔들며 요동하는 북소리
언젠가 죽기로 작정한 날 느닷없이 질러 댄 고함 울혈 맺힌 천둥이 되었을지도

잊지 못할 일 잊으면 안 되는 일 잊혀질라치면 저렇게 천

길을 달려온 비 한 방울에 피어나는 물꽃처럼 되살아나 파문을 일으키고 어떤 후일담은 나중엔 안 되겠다 싶어 농이었다고 얼버무려 보지만 그렇게라도 잊고 싶은 상처는 오히려 더 벌어져

그 푸른 상처가 여기 천북에 와서 하늘 울음에 같이 우는 바다를 바라보고 있는 나다 수면에 찍히는 비의 발자국은 — 우중을 틈 타 바다를 밟고 서천으로 떠나가는 망자들도 있다 — 지워지지 않는다 북소리의 음계에 따라 발자국이 찍힌다 반공을 걸어올라 하늘을 걷는다 북 위를 걷는다 나는 소리가 된다 고동치는 심장 속에 잠들어 있던 격랑의

바다 날 저물도록 마주하고 있다
비 그치고
나는 여전히 공명한다
나는 불타 버린 유성우처럼 고요하다
이제 이 악장

사랑니

푸른빛의 진통제는 무슨 나무 열매 같습니다
통증의 뿌리가 얼마나 깊기에 이런 알약이 생겼을까요
달갑지 않아도 삼켜야 하는 우울한 처방은
얼마나 오래된 자학인지요
차츰 증세가 가라앉는 사이 누렇게 달뜬 가을나무를 바라봅니다
저 나무도 통증을 견디고 있을 것만 같습니다
알게 된 지 꽤 되었지만 도통 속내를 알 수 없고
한참을 올려 보아도 묵묵부답인 명상을 방해하기는 쉽지 않습니다
나무의 진통제는 아마도 바람이거나 달덩어리라고 짐작하지만
그래서 서늘해지거나 삼킨 달을 반쯤 토해 내기도 하지만
겨울로 가는 부작용은 심한 모양입니다
아픔을 지우려면 순리를 가장하여 다 내려놔야 한다고
떠나보내기 위해 모든 통각을 마비시켜야 한다고
비명도 없이 마른 잎을 끊어 버리는 나무는 믿고 있습니다
언제고 통증은 재발할 것입니다
어떤 곤욕을 치렀는지에 대한 기억이 생생하므로

진통제는 눈에 잘 띄는 곳에 모셔 두었습니다
이맘때는 늘 바람이 불고 달이 밝습니다
아직은 느껴지지 않습니다

균열 이후

그와 헤어지면서 모든 금이 생겨나기 시작했다
심장에서부터 달까지 치달린 미완의 크레바스
하늘을 갈라놓은 가장 완벽한 금은 그해 겨울나무였다
아팠던가요 깨진다는 것은 그렇게 긴 여행이었던가요
위로였지만 한동안 위독해야만 했다
밑동을 베어 버리지 않는 이상 봉합은 어려웠다
당신은 이미 깨진 상태였어요
그것이 씨앗과 싹과 꽃봉오리와 열매와 입술과 자궁과 무덤의 생리죠
바람은 체위를 바꾸고 있었다
여린 잎새에도 바람은 무수히 갈라지고 있었던 것이다
그와 만나기도 전에 전생보다 먼저 피어난 금
눈으로 바라만 보아도 별들은 조각나기 시작하죠
금은 사실 메워지기 위해 생겨난 것이랍니다
벽을 타고 오른 금을 따라 빗물이 스며들었다
당신이 파고들 자리였을 것이다
우선은 오므리기로 하죠 달까지는 시간이 걸리겠어요
처음도 끝도 없는 긴 상처라면 금은
여기 이렇게 당신을 바라보며 서 있다

그래요 조각나기로 해요 치달리는 금은 금을 만나야 멈추죠
날카로운 빗줄기가 무한궤도를 가르는 중이었다

走光性

언제부턴가 벽에 나방이 붙어 있다
살생이 살생을 불러서가 아니라 귀찮아서
그냥 놔두기로 한 순간 나방은 굶어 죽어 가기 시작한 것이겠지만
내게도 피곤한 문제가 생겼다
좁은 방에서 무슨 일을 하든
나방을 의식하지 않을 수 없게 된 것이다
책을 읽거나 음악을 들을 때에도
샤워를 하고 나오면서도 옷을 갈아입으면서도
꼼짝하지 않고 지켜보는 감시망을 피할 수가 없다
어쭙잖은 관음증이라고 웃어넘기려 해도
이미 나방의 눈을 중심으로 일이 돌아가고 있었다
나방도 내가 예의 주시하고 있다는 사실을 알고 있을 것이다

하찮은 미물일 뿐이라고 무시하기도 쉽지 않다
나방에겐 불빛을 향해서라면 죽음도 불사하는 숭고한 본능이 있다
어쩌면 세상의 모든 나방은 불과 싸우기 위해 태어난 것

일지도 모른다
　벽에 홀로 진을 친 위대한 전사의 후예
　적의 빈틈을 노리며 나방은 이 별의 중력을 견디고 있다

　몇 시간째 나방은 그 자리에 붙어 있다
　보다 못해 입김을 불자 툭 떨어져 버린다
　언제부터 죽어 있었을까
　내가 벌거벗고 있든 노려보고 있든 상관없이
　나방은 저 형광등과 처절한 사투를 벌였던 것이다
　불을 끈다 잠시나마 눈을 붙인다
　아침이면 햇빛 번득이는 거리로 나서야 한다

화인

날벌레의 주검이 눈곱처럼 끼어 있다
박명인데도 켜지지 않는 가로등 외눈
담장에 붙어 서서 천천히 고개를 수그린다
얼마 안 남은 저녁 햇살마저 모조리 빨아들이며
서서 죽어야 한다면
바람결 따라 쉬어 본 직 없는 갑골의 立棺으로
소신하여야 한다면
계절 따라 잎새 돋고 단풍 드는 나무의 생리로는
밑동으로부터 타오르는 붉은 녹이 있다
봉오리 열고 다시 천만 꽃잎 흩뿌리는 들꽃의 향기로는
눈동자에 그득한 시취가 있다
어느 시대부턴지 알 수 없는 천애의 단전과
새벽까지 연명하는 외눈 부족의 존속 사이에서 이계를
관장하는 솟대
이 부근에서는 가장 먼저 노을이 지고
가장 빠르게 땅거미 몰려온다
녹물은 눈물보다 뜨거워서
발등이 녹아들고 지축이 기울고
숙인 고개를 들지 않는 음산한 기도
그는 나를 기다리고 있다

終의 서시

노을을 헤치고 걸어 나온다
지는 해를 등지고 나타난다
나는 석양이 거둬들이지 않은 빛 조각이다

눈의 장막을 뚫고 뛰쳐 나온다
쫓아오던 눈의 무리는 포기한 채 돌아선다
나는 떨어질 곳을 정확히 찾아 발을 디딘 눈송이다

입을 찢고 터져 나온다
나는 마지막 남은 모국어다

여기서 오래 버티지는 못한다
멀리 사라져 가는 배경은 지나간 유행가를 흘려 보낸다
속내를 샅샅이 알고 있는 음유는 섬뜩하다

바람을 밀치고 빠져 나온다
세상의 모든 문이 닫힌다
돌아갈 수 없다는 것을 잘 안다
더 우습게도 나는 미증유다

일몰의 서사

태양은
새털구름 펼쳐진 깃마다 핏빛 노을을 새겨 놓는다
참 오래된 활자다

편지는
예전 주소로 배달되고 있었다 소복이 쌓인 초서체
답장은 기다리지 않고 흘려 써 내려간 편도의 새벽
봉투를 뜯자마자 쏟아져 나오는

그는
부음이 오기 며칠 전까지도 편지를 쓰고 있었다
내겐 잊혀졌고 이미 없는 사람이나 마찬가지였어도
사소한 기록 속에 호명된 나는
그대의 말벗이 되어 노닥거리고 농을 나누고
때론 쓰라려도 말없이 지켜봐 주며 살고 있었나 보다

모든 일몰은
쉽게 봉합되지 않을 상처를 남긴다
어떤 일몰은 어떻게 살았는지 해독하기 힘든 암호이고

어떤 일몰은 평생을 간직해야 할 秘書이고

그러니 일몰 후의 밤은 긴 답장이다
태양이 사라져 간 여백에 오늘 처음 생겨난 별이 새겨진다

편지는 잘 도착했을까

아카시아

요염했다 꽃향기 주저앉는 모습 농익은
보름 동안의 절정으로
가지에 품은 달의 북극이 녹아내린다
수태를 끝내면 제 생식기를 끊어 버리는 종족
흩날리는 꽃잎이 풍기는 시취마저 달콤하였으므로
나는 적극적으로 죽음을 흠향한다
절명이란 이렇게 살아남은 자를 매정하게 만든다
죽어 버리라는 말을 너무 쉽게 내뱉었었다
거둬들일 수 없는 꽃잎의 파편은 어디에 얼마나 깊이 박
혀 있을까
무너져 내린 오월은 다시 복원되지 않는다
산새 울고 꽃 한 잎 진다
꽃 한 잎 지고 한 별 진다
언젠가는 돌아서야 했으며 돌아섰고 돌아설 것이다
꽃을 죄다 떨쳐 버린 나무가 되어 버리는 일
날이 갈수록 망각의 숲에 뒤덮이는 일
간신히 남아 있던 체취도 끝내는 흔적 없이 지워지는 일
내게 닥칠 운명은 사소하나 우주적이다
카산드라

카산드라
꽃향기는 폭포처럼 쏟아져 내린다
요염했다

상흔

이슬비에 곤두선 꽃 대궁의 향기는 여름이 지나도록 아물지 않았다
누가 꺾기도 전에 꽂은 꽃끼리 아프다
둘러보면 모조리 상흔이다
빗방울 화농, 누선을 따라 번져 가는 구름 종양, 아무한테도 보이지 않아
홀로 썩어 가는 바람은 제 몸을 이식하며 연명한다

노을처럼 깊은 상처는 말을 할 줄 안다
늘 도지므로 늘 같은 말이다
낫지 못할 것이다

살면서는 아무도 치유된 적 없다
별조차도 불치의 기원을 모르며
흘러나오는 빛이 영원히 마르지 않는 피인 줄 달 역시 모른다

낫지 못할 것이다

이 가장 오래된
빗나간 적 없는 참언

고요 소리

들리는 소리가 다는 아니다
물론 소멸을 지지하지만
내 귀에 들리는 소리는 먼 여정에 쇠잔하여 미처 듣지 못하는 전언도 있는 것이다
이를테면 당신의 사랑한다는 말은
얼마나 많은 곁가지를 흘려 버린 채 내게 와 닿는 것일까

나무에 귀를 대고 물 오르는 소리를 듣는다
한 방울 물기를 찾아가는 뿌리가 암벽에 부딪혀 절망하는 소리를 듣는다
무성한 잎사귀 품으로 햇살 끌어 모으는 은은한 교성은
밤이 되어서야 수런거리는 꽃꿈으로 바뀐다

멀리 호면에 부딪치는 별빛의 파찰음도
능선을 굽이치는 바람이 순식간에 싸안고 가 버린 숲의 소리도
땅 위에 투신하는 빗방울이 남긴 폭음도
천 년 전 멸종한 어느 짐승이 마지막으로 흘린 숨소리도
거리를 서성이다 쓸쓸히 계절을 넘기고는 다시 누군가

의 생으로 건너간다

귀는 죽어 간 모든 소리의 무덤이다
내 귀에 당신의 목소리가 묻힌다
너무 멀리서 오느라 떨어져 나간 소리들은 차마 듣고 싶지 않다

홀씨처럼 정처 없이 떠다니다 영영 고요가 되는 소리도 있다

만개

핀다기보다 벚꽃은 섞이고 있다
아주 천천히 햇살과 몸을 섞고
바람에 붙어 흐느적거리고 나부끼고
꽃잎 흩뿌려 범벅을 이루다 끝내 붕괴할 때까지
홀로 터득한 서체란 온몸을 게워 낸 것이어서
사월 내내 나무가 내뱉는 독설을 다 알아듣기는 불가능하다
내력에 따르면 이 발화는 몰살의 기억에 대한 몸살이다
또는 꽃봉오리가 터지는 순간 한 별자리가 사라졌다고 한다
무모하게 요약된 소식은 이렇게 무섭다
묵언의 사막을 거느린 채 따라다니다 살점 죄다 뜯어내며 떠나가는
뿌리 끝에서부터 폭포처럼 쏟아져 내리는
누대의 전언에 뒤섞여 휘날리고 산산이 흩어지고
꽃잎 된다 몰살 된다
모든 만개는 발우공양이다

나사를 조이는 일

눌은 헐거워진 배수관을 타고 한 방울씩 탈출하고 있었다
하수도로 돌아가느니 차라리 고여 썩어 버리리 고뇌하
듯 천천히 물방울을 이루다
온 힘을 다해 허리를 끊어 떨어지지만

나사의 위력은 시계 방향으로 겨우 몇 밀리미터 움직여
도 발휘된다
물은 가차 없이 순리를 따른다

이를 악물고 버티고 사는 세상의 모든 나사는
몸이 닳거나 녹슬기 전에는 여행을 떠날 수 없다
늘 암나사와 수나사의 접점 지대로 돌아가야 하는
오직 극한까지 밀어붙이며 벌이는 사투

나사의 시계 방향 끝은 죽음 같은 영원과 맞물려 있다

적막한 밤하늘
별빛이 조여 든다
순리를 따르기란

꽃의 탄생

불면이란 밤새 벽을 쌓는 일이다
감금, 꺼지지 않는 가로등처럼 뜬 눈으로 견디는
밤과 새벽 사이의 생매장
길 잃은 바람이 어제의 그 바람이 같은 자리를 배회하고
고양이 울음은 있는 힘을 다해 어둠을 찢는다
이 터널은 출구가 없다

어떤 기다림은 질병이다
간절한 소식은 끝내 오지 않거나 이미 왔다 가 버리는 것

그러니 너는 얼마나 아름답단 말인가

머리를 남쪽으로 두고서야 겨우 잠이 든다
어떤 묘혈은 땅 속을 흘러 다닌다는데
머리맡에 꽃향기가 묻어 있다
첫 매화가 피었다고 한다

사진전

풍경의 봉분은 사각형이거나 아련하다
바람에 흔들리던 들풀이 담겨 향기 없는 영생을 산다
노을의 폭풍이라 불리는 액자는 가끔씩 지나가는 환영을 비춘다
사진에 이끌려 온 유령들이 화랑을 배회하는 것은
오래된 역사다
참을 수 없는 서로의 허기가
그리하여 텅 빈 눈동자 같은 어느 액자와 인연이 맞닿으면
모년모월모일모시의 시공에 들어앉아 정박하는 것이다
한 시절을 떼어다 옮겨 놓는 일은 초혼이다
풍경의 영정마다 붙은 이름으로 초저녁이 깨어나고
어둠으로 최후를 맞이할 리 없는 해거름이 다시 태어나고
흰색 벽 여기저기 걸려 있는 들판의 사지가 가냘프게 숨쉬는 소리
저들의 공시소
한 번씩은 들여다보고 확인하는 저들의 묘역
회억 연민 간직 기념 천천히 잊혀 가는 절차는 이렇다
어느 날 풍경의 행방이 묘연하다

마량 가는 길

남녘으로 달릴수록
떠나온 집의 시간은 점점 느려지더니 아예 멈춰 버린다
흘러가던 구름이 하늘 한가운데 머무르고
가로수 그림자는 태양의 속도를 따르지 않는다
폭염 속에 굳어 버린 견고한 오후

해안도로 끝엔 한가로운 배들이 묶여 있고
가우도는 망망대해 거센 파도와 마주했다
마량의 해안엔 모래가 없다
다만 별빛 부스러기만 잔물결에 떠밀려 올 뿐

하루 그리고 이틀이 흘렀다
바닷물 찰랑거리는 제방 근처에서 나는 실종된 것이 분명하다
그 밤 가우도 너머로 떠내려 간 별빛

집에 도착하자
구름이 다시 흐르고 그림자가 움직인다
밀납처럼 굳은 오후가 녹아내리더니 곧 가을이 시작되

있고
　빛나지 않는 별이 떠올랐다

살수

그녀를 떠올리자 몸에 해안이 생긴다
바다 없는 해안
구름마저 스쳐가다 모래를 머금고는 털썩 주저앉는
무변의 허구렁 영원히 펼쳐져

들여다보면 하염없이 사라져 가는 새의 소실점
저 예각으로부터 너무 멀리 떠밀려 온 것이다
한 번 날갯짓으로 해안에 모래 폭풍이 인다

장황설을 늘어놓았다 이건 연어의 습성이라고 간신히 모천에 다다라 산란을 하고 죽으면 연어 살은 새끼들이 먹는다고 근친 식육으로 후생을 사는 것이라고 떠나가더라도 남아 있는 것이니 이제 곧 지워지지 않는 연흔이 생길 거라고 그건 연어의 희생이라고

몇 밤을 지내보아도 발자국 남기는 이 없다
별조차 떠오르지 않는 황도에 해안은 홀로 궤도를 그린다
모래의 길은 쉽게 사라지거나 원래 없는 것이었다

몸이 해안에 뒤덮일 때까지도
몸이 파먹히는 줄 모르고

별의 이름

좀 전에 지나간 두 연인이 흘린 말이
보도블록 사이에 뿌리를 내리더니
'내일 여기서 또 만나'라는 이름의 꽃으로 피어난다
달이 환하니 달맞이꽃으로 착각할 수도 있다
미처 봉오리도 맺지 못하고 시든 꽃은
꽁초를 줍던 청소부가 들릴 듯 말 듯 내뱉은 혼잣말이다
저만치 '쉬었다 가세요'라는 꽃이 무더기로 서성인다
'도를 아시나요' 꽃은 좀처럼 보기 힘든 희귀종이다

멀리 북극성이 보인다
저 별은 늘 겨울일 것이다
목성은 나무로 된 별이고 금성은 황금 덩어리다
그렇게 살아야 한다

불에 그슬린 개 같은 나무 벤치가 일렬로 늘어서 있다
내가 먹은 집개에게도 이름이 있었다

結界地

호수에 물안개 피어오른다
물의 불, 차가운 숨
앙상한 나무는 빙벽의 갈라진 금이다
산사에서 울린 풍경 소리조차 얼어붙어 곧바로 추락한다
비늘 같은 눈
풍경에 꽂히는 눈
며칠째 이어진 혹한으로 이 오지는 불멸이다
나는 도착할 때부터 이미 절대영도였다
발을 들여놓은 순간 때 이른 겨울을 불러온 것이다
나는 뜨거운 심장을 떼어 놓고 여기에 왔다
눈물은 가장 단단한 별이 되고
상처의 핏방울은 깨지지 않는 보석이 되어 갔다
수직으로 세워진 폭포와
내려오다 멈춰 버린 햇빛과
한번 간신히 떠올랐지만 더 이상 이어지지 않는 그대 기억
나는 빙하기다
산 너머에선 꽃이 피고 바람조차 불 것이다
모조리 늙어 갈 것이다

감각으로의 귀환

생각이 풀리지 않을 때는
간신히 새어 나온 햇살에 온 몸을 떨고 있는 화초라도 끌어들인다
곧바로 화석이 되어 버리는 가여운 화초
며칠을 고민하던 끝에 별을 데려오기로 작정한다
어리둥절하던 별은 서서히 미쳐 갔다
황량한 계절이 이어졌다 몇몇 계절은 겨울과 겨울 사이에 접혀
소생할 기미가 보이지 않는다
생존이 문제였다
내게서 서서히 죽어 간 감각들의 무덤이 눈더미처럼 쌓여
이를테면 목소리는 잊어버린 지 오래고
어루만지고 어루만져도 느껴지지 않는 체온과 육신의 경계와 욕정
처음 바다를 보고 이유 없이 무서웠던 때도 있었다
그렇게 붉은 비단 장막의 노을을 본 적 없어 숨 막힐 지경도 있었다
돌아갈 길은 막막하고 매섭다
또 한 차례 폭설이 쏟아진다지만

귀환은 地球曆이 다시 쓰여진대도 멈추지 않을 것이다
화초의 화석은 늘어날 테고 미친 별의 유성우가 난무할 것이다
무사할 수만은 없는 상황이다

■ 작품 해설 ■

'사랑'의 부재와 '말'의 실존을 감싸 안는 묵시의 시학

유성호(문학평론가·한양대 국문과 교수)

1

『묵시록』은, 『마계』 이후 5년 만에 펴내는 윤의섭의 다섯 번째 시집이다. 첫 시집 『말괄량이 삐삐의 죽음』 이후 20여 년 동안 윤의섭은, 선형적이지도 비약적이지도 않은 그만의 입체적인 시적 궤도를 밟아 왔다. 그 일차적 외관은, 우리를 둘러싸고 있는 어떤 속물적이고 폭력적인 요소들에 대한 부정의 정신에서 발원하여, 출구 없는 세계 안에서 '죽음으로서의 육체성'이라는 독자적인 미적 범주를 발견해 온 도정이었다고 개괄할 수 있을 것이다. 그만큼 윤의섭 시편들은 소박한 반영론이나 표현론으로는 설명되지 않으며, 기억의 확연한 물질성으로 사물이나 내면을 드러내는 세계로 우리에게 다가온다. 하지만 감각적 미세함에서 출발했다고 하더라도 그의 시가 비논리성으로 점철된 것은 결코 아니다. 오히려 그의 시적 논리(logic)는 견고한 균질성과 일관성을 견지하고 있으며, 꿈과 착란의 이중주를 통해 상상적 타자성에 가닿는 그의 시적 기율은 단연 구심적 충실성으로 둘러싸여 있다고 할 수 있다. 이처럼 윤의섭은 사물들을 불러내고 환기하여 우리 삶에 편재해 있는 불안과 소멸의 심미성을 그려 내는 동시에, 역설적으로 그것을 항구화하는 과정을 노래하는 시인이다.

더불어 그의 시는 내면과 환상을 유추적으로 결속하면서 한 시대의 쓸쓸한 풍경을 기록하는 증언자로서의 발화에 의해 구축되는 특징을 지닌다. 하지만 그러한 유목적 감각에 의해 시집 곳곳에 배치된 사실적, 환상적 이미지들은 시인이 궁극적으로 욕망하는 묵시적 이미지들로 현저하게 전이됨으로써, 그의 시편들을 평범한 환상 시편들로부터 구해 낸다. 그 이미지들은 '사랑'의 부재와 '말'의 실존을 감싸 안는 묵시의 시선으로 나아가면서, 윤의섭을 우리 시단에서 가장 이채로운 존재로 우뚝 서게 하는 것이다. 이번 시집에서 이러한 속성을 충일하게 구현하고 있는 실례는 특별한 제목 없이 넘버링만 된 열 편의 시일 것이다. 그야말로 열 편의 묵시록이다.

이날 지상의 모든 잔존물은 한 권의 책 속으로 빨려 들어

가 단 한 줄로 요약 된다 그 문장을 읽은 사람은 아무도 없다

(중략)

노래를 부른다면 미칠 줄 안다는 것이다 그녀의 악기는 부서진 지 오래여서 절정을 부를 때면 늘 아프다 그녀가 걸음을 디디면 목련이 떨어졌다 잠시 앉을 때면 비가 내렸다 하늘을 바라보면 깨진 달이 떴다 그녀를 스쳐 볼 때마다 내게선 한 계절이 지난다 그녀는 유행가를 흥얼거린다 세상 끝에서 새어 나오는 듯한 목소리가 거리에 차오른다 이 마지막 세례는 처음이었다

—「Ⅰ」에서

시인은 지상의 모든 존재자를 포괄하는 "한 권의 책"과 "단 한 줄"을 상상한다. 물론 그 문장에 가닿은 사람은 아직까지 아무도 없다. 기억이야말로 육신 가운데 가장 먼저 정지하는 것이고, 영혼은 폐쇄되었고, 아무도 죽지 않았고 아무도 살아 있지 않았기 때문이다. 이러한 상황에서 자신의 악기가 오래전에 부서진 '그녀'만이 "세상 끝에서 새어 나오는 듯한 목소리"로 아프고도 미치도록 노래를 부른다. '그녀'가 묵시록의 숨겨진 주인공임을 알리는 순간이다. 윤의섭은 "극단의 고독은 지독 그녀가 선사한 최후의 감각은 슬픔"(「Ⅱ」)이라고 함으로써 그녀가 '고독'과 '슬픔'으로 지

상에 남긴 '예언'이 바로 이 같은 묵시록을 가능하게 했노라고 고백한다. 바로 그 순간 "역사가는 장문의 史料를 옮겨 적기 시작"(「Ⅱ」)하고, 시인은 "사랑이라는 불가사의한 언어"(「Ⅲ」)를 적어 간다. 그러니 "빗방울마다 그녀가 담겨"(「Ⅳ」) 있게 되고, 시인은 "그대에게 바다 없는 바다를 가르쳐 준"(「Ⅴ」) 시간을 기억하면서 "들릴 듯 말 듯 흐느끼는 울음이 녹음되어 있는"(「Ⅵ」) 시간들을 복기할 수 있는 것이 아닌가. 그리고 시인 스스로 "나는 지옥이니// 쓰이지 않을 책이니/ 비명조차 새겨 넣지 못할 묘역"(「Ⅶ」)이니 하는 고백의 형식이 이러한 묵시록적 전제를 가능하게 했을 것이다. 결국 시인은 "이날 그녀는 갈비뼈처럼 잎맥이 선명한 낙엽을 끝장 놀이에 꽂는다 그 페이지부터 기원전과 기원후가 갈라진다 책에는 문자가 쓰여 있었지만 아무도 읽을 수 없었다"(「Ⅷ」)라고 매듭지음으로써, '그녀'의 사랑과 사라짐과 남아 있음이, 죽음과 삶 사이, 기원전과 기원후 사이, 미침과 아픔 사이를 항구적으로 흐르고 있음을 보여 준다. 아프고도 선명한 사랑의 부재와 현존을 동시에 보여 주는 것이다.

벤치에는 누군가 앉았다 간 흔적이 남아 있다 발 디딘 자리에 뭉개진 풀 그건 초조함 가운데가 빈 원을 그리며 쌓인 낙엽 그건 인내 아직 체적을 따라 남아 있는 온기 그건 격렬했던 체온 왕복을 거듭한 발자국 그건 미련 혹은 사랑

사랑 언젠가 스친 적도 있겠지 가벼운 감기처럼 아니면

입김처럼 왔다 갔겠지 순식간에 신의 입자로 가득 찬 안개를
통과한 느낌 영원의 지느러미였을지도 모르지 인간의 것이
아니었으므로 온통 역린으로 뒤덮인 구토라고 명명해야 할
그것 사랑

그녀는 다시 오지 않았다 그녀라는 종말은

—「X」에서

이렇게 오랜 시간 속에 남은 흔적을 바라보면서 시인은 "미련 혹은 사랑"을 선연하게 회상한다. 묵시록의 한가운데서 다시 서정적인 기억이 돋아나는 순간이다. 이때 '사랑'은 언젠가 스쳤을지도 모를 기억으로, 혹은 가벼운 감기처럼 입김처럼 왔다 간 흔적으로 남았을 것이다. 더러 그것은 "순식간에 신의 입자로 가득 찬 안개를 통과한 느낌"으로도 남았을 것이다. 그렇게 "그녀라는 종말"은 항구적으로 유예되면서 '사랑'은 생생한 '부재의 현재형'으로 남는다. 이때 '묵시'는 윤의섭의 가장 중요한 방법론이자 시적 기율이 되는데, 가령 근대적 삶이 지워 버린 존재론적 기원과 자아의 동일성을 심연의 빛으로 투시하는 과정이 그 안에 담기는 것이다. 아닌 게 아니라 윤의섭은 시종일관 자신의 가장 구체적인 몸의 징후와 얼룩을 통해 어떤 한계 지점을 통과해 온 자신의 아득한 존재론을 펼쳐 간다. 또한 감각의 선명한 재구를 통해 대상의 외관과 속성을 유추적으로

제시함으로써, 자신의 열망과 통증을 환기하는 방식을 현저하게 취해 간다. 그래서 우리는 집요한 응시와 묘사 그리고 그로부터 환기되는 삶의 복합적 비의(秘義)가 바로 윤의섭 시학의 동력이라 말할 수 있을 것이다.

결국 윤의섭은 이른바 '재현의 감옥'을 벗어나 자신만의 상상적 언어를 적극 탐구하고 실천한다. 가령 그의 언어는 아나키적 에너지로 충만하면서, 의미론적 명징함보다는 은폐와 탈은폐의 교차적 방식을 선택하는 과정으로 나아간다. 더러는 중층석 서술이나 비신형직 구조 등에 의헤 도움을 받기도 한다. 이러한 작법이 세계를 묵시록적으로 바라보려는 시인의 욕망을 효율적으로 실천하게끔 하는 것도 사실일 것이다. 윤의섭은 이러한 작법들을 통해 가장 독자적인 '사랑의 시학'을 그리고 있고, 그것을 통해 인간 삶의 보편적인 축도(縮圖)를 그려 내는 것이다. 단연 '묵시록'이라는 제목에 부합하는 발화의 형식이자 실질이 아닐 수 없다.

2

대체로 시적 상상력은 정제되고 숭고한 방향으로, 균형과 조화를 이루는 방향으로, 심미적 효과를 이루는 방향으로 조직될 개연성이 크다. 하지만 현대시로 올수록 그것은 비속성을 그대로 담아내기도 하고 현저한 일탈과 부조화로 나아가기도 한다. 이때 시적 상상력의 새로움(novelty)이 중요한 관건으로 작용함은 말할 나위도 없을 것이다. 윤의섭의 시적 상상력은 이러한 '새로움'을 통해 우리 생의 복합성을 증언하고 있는데, 그것은 그의 시가 힘겹게 살아가는 이들의 직접적인 이야기가 아니라 그러한 존재 조건을 수용하고 견인하는 태도를 일관되게 보여 주기 때문이다. 그 견인의 한 저류(底流)에 일종의 '사랑의 서사'가 내재해 있는데, 앞에서 읽어 낸 사랑의 부재 형식이 개개 시편에도 편재해 있는 것이다.

아닌 게 아니라 윤의섭은 사랑의 상처를 가장 근원적인 상상적 질서에 대한 열망으로 바꾸어 내면서 그 아픈 시간들을 선명하게 증언한다. 따라서 이러한 과정은, 그로 하여금 생의 근원적 비극성을 고백하게 하는 일종의 상징 제의에 비유될 수 있을 것이다. 이때 '사랑'은 결코 추상적인 담론적 실재로 제시되지 않는다. 그에게 '사랑'이란 불모의 형식으로 생을 파악하게 하는 비극성의 시선과 그로부터 자유로워지려는 열망을 동시에 가져다주는 구체적 거소(居所)가 되기 때문이다. 가파르고도 절실한 몸의 욕망이 그의 시편들을 견고하게 만드는 요인인 셈이다. 그만큼 윤의섭 시편에서 '사랑'은 그가 평생 떨쳐 버릴 수 없는 존재론적, 관계론적 욕망의 한 형식으로 나타난다.

연인을 보내고 나는 아프다

이제 얼마나 많은 일이 생길지 지평선에서 비구름이 몰려
오는 사이

(중략)

아무 일도 일어나지 않을 것처럼 잠잠할 때도 있었다
잠시나마 행복했었다
나는
세상이 숨죽이고 있는 줄 몰랐던 것이다

멀리서 고해 같은 목소리가 들린다
더 멀리서 파도 같은 신음이 들린다
한 사람만 빼고 비구름은 그 모두를 몰고 온다

—「비가 오기 전에」에서

사랑의 부재로 인한 통증이 생겨나면서 시인은 이후로 얼마나 많은 일이 생길지 모른다고 예감한다. 아닌 게 아니라 지평선에서 비구름이 몰려오면서 단풍잎이 흐느끼고 바람도 쓰러지는 연쇄적 흐름이 뒤를 잇는다. 시인은 "나는 네게서 얼마나 멀리 부러져 나온 기억일까"(「부러짐에 대하여」) 하는 생각으로 서 있다. 서서히 어두워져 가는 세상을 뚫고 "저토록 슬픈 마중 저토록 속절없는 임종 저토록 불길한 전조"가 한꺼번에 쏟아지는 것을 바라보는 것이다.

숱한 위로와 행복도 뒤로 물러앉고, 멀리서 들려오는 "고해 같은 목소리"와 "파도 같은 신음"은 그 한 사람의 부재로 인하여 그 모두를 몰고 오는 비구름과 같은 것으로 몸을 바꾼다. 이처럼 윤의섭 시편은 사랑의 부재를 통해 사랑의 불가피한 현존을 지속적으로 노래한다. 그것은 "언젠가부터 나는 잘못 현상된 것"(「일식」)이며, 이제는 "아무도 읽지 않는 추신으로 떠돌 것"(「寂滅忍」)이라는 아픈 고백을 불러온다. "이별은 얼마나 가까운 간극이었단 말인가"(「협연」) 하는 공감적 통각도 여기에 구체성을 더한다. 그 아픔은 "공명/ 같이 운다는 뜻이다/ 그러니 나는 울음이며 나뭇잎은 울고 있는 중이다/ 앞서 떨어진 모든 낙엽은 울음이며 살아남은 자 역시 울음이다"(「번짐」)라는 진술로 이어지면서, '사랑'의 부재가 그의 존재 조건을 더욱 선명하게 만드는 근원적 힘임을, 그리고 그 부재를 향한 존재론적 열망이 그를 살아가게 하는 둘도 없는 힘임을 동시에 증명한다.

기댄다는 것은 이렇게 등이 따습고
멀리 텅 빈 나뭇가지를 바라보면서도 무너지지 않을 거라
위로할 수 있는 것
내게

비가 내리면 묵묵히 젖어 주고
태양이 떠오르고 기울 때마다 사라지는 날들의

궤도를 새겨 주고

잃어버린 길이라도 물어 오면 다만 막혔을 뿐이라고 이 너머에 다 있다고

아니

피안은 늘 머리말에서 찰랑이지

(중략)

내

유일한 배경이여

온 몸으로 금이 번진다 같이 바라보던 별이 떠오르고

금줄을 따라 결코 아물지 않을 별자리가 그어진다

—「담장에 기대어」에서

사랑의 부재에도 불구하고 시인은 무언가에 "기댄다는 것"이 따스운 위로가 됨을 고백한다. "기댄다는 것"은, 그렇게 비가 내리면 묵묵히 젖어 주기도 하고, 태양이 떠오르고 기울 때는 사라지는 날들의 궤도를 새겨 주기도 한다. 그래서 '기댄다는 것'은 "너머에 다 있다"는 피안의 상상력과 금기 너머의 용납을 가르치면서 가장 구체적인 삶의 리듬을 부여해 준다. 희미하게 갈라진 금 사이로 꿈결인 듯 들려오는 노랫소리는 시인 스스로 상상하는 "내/ 유일한 배경"이

된다. 그리고 온몸으로 금이 번질 때 "결코 아물지 않을 별자리"가 그어지는 순간을 허락한다. 물론 부재를 향한 "그리움이란 소리 소문 없이 다가서서 가슴에 뭉치는 것"(「결로무렵」)이겠지만, 어느새 "낙엽들은 추락 이후에 대한 긴 문장"(「落葉文」)이 되고 시인 스스로는 "적극적으로 죽음을 흠향"(「아카시아」)하면서 그 부재의 형식을 수용하고 견인한다. "머무르다 사라져 버리기 위하여"(「雪夜」) 남겨진 존재자들에 기대어 "뿌리 대신 영원히 썩지 않는 고통을 박고 자라고"(「달의 일 년」) 있는 모든 목숨들을 껴안는 것이다. 그의 묵시록이 '사랑의 묵시록'이 될 수 있는 까닭이다.

이처럼 섬세한 세공의 필치와 상상력의 건축술을 다시 한 번 유려하게 보여 준 윤의섭의 이번 시집은, 시가 사유할 수 있는 윤리적 구심들을 비껴가면서, 그 안에 담길 법한 구체적 감각과 율동을 통해 한결 한 시대의 음울한 우화(寓話)에 근접한다. 그 점에서 그의 '묵시'는 종말론적이거나 문명 비판적인 것이 아니라, 사물의 표층 너머 깊이 숨겨진 부재의 속성에 대한 응시와 발견을 주조로 하는, 철저하게 미학적인 차원의 것이라고 할 수 있을 것이다.

3

두루 알다시피 '시'는 언어 예술이자 시간 예술이다. 우리의 감관과 실재 세계를 매개하는 것이 바로 '언어'이고, 그 '언어'가 사물의 시간적 흐름을 재현하는 데 관심을 가지는 것이니만큼 '언어'와 '시간'이 시의 핵심 요소임은 말할 것도 없을 것이다. 그래서 '시'는 여타 예술보다도 훨씬 시간적 경험의 층을 크고 두텁게 가져다준다. 우리가 '시'를 삶의 형상적 반영이라는 차원으로 간주하는 까닭도 여기에 있을 것이다. 윤의섭 시편은 자신의 감각과 시간을 담아내는 '언어(말)'에 대한 깊은 자의식으로 출렁인다. 말의 상징성에 대해 각별한 견해를 내놓은 카시러(E. Cassirer)는 "인간은 언어가 형성해 주는 현실만 알 수 있을 뿐이다."라고 말함으로써, 언어를 통하지 않고는 어떤 의식도 형성할 수 없음을, 다시 말해 어떤 사물이나 관념도 언어로 구성되지 않으면 의식 속에 존재할 수 없음을 강조하였다. 이러한 전언에 기댈 때 우리는 윤의섭이 언어의 도구적 기능을 넘어 '말' 자체를 메타적으로 상상하고 실현하는 직능을 외롭게 감당하고 있는 '말의 사제'임을 알게 된다. 이러한 언어적 자의식과 '말'에 대한 의식이라는 양날을 그는 시 안쪽으로 뚜렷하게 불러들이고 있는 것이다.

바람결 한가운데서 적요의 염기서열은 재배치된다

어떤 뼈가 박혀 있길래
저리 미친 피리인가

들꽃의 음은 천 갈래로 비산한다
돌의 비명은 꼬리뼈쯤에서 새어 나온다
현수막을 찢으면서는 처음 듣는 母語를 내뱉는다

생사를 넘나드는 음역은 그러니까 눈에 보일 수도 있다는 것이다
최후에는 공중에 뼈를 묻을지라도
후미진 골목에 입을 댄 채 쓰러지더라도

저 각골의 역사에 인간의 사랑이 속해 있다
그러니까 모든 뼈마디가 부서지더라도 가닿아야 한다는 것이다
파열은 생각처럼 슬픈 일은 아니다

하루종일 풍경은 바람의 뼈를 분다
來世에는 언젠가 잠잠해지겠지만
한없이 스산하여 망연하여 그리움이라든지 애달픔이라든지
그런 음계에 이르면 오히려 내 뼈가 깎이고 말겠지만

한 사람의 귓불을 스쳐 오는 소리
이제는 이 세상에 없는 음성을 전해 주는 바람 소리
그대와 나 사이에 인간의 말을 웅얼거리며 가로놓인 뼈의 소리

저것은 가장 아픈 악기다
온 몸에 구멍 아닌 구멍이 뚫린 채
떠나가거나 속이 텅 비어야 가득해지는

—「바람의 뼈」

대개의 서정시는 자기 표현 발화를 통해 시인의 자의식을 첨예하게 드러낸다. 이때 자의식을 구성하는 질료는 어떤 원체험의 기억일 터이고, 그 기억을 표현하는 원리가 바로 생을 순간적으로 파악하는 감각일 것이다. 윤의섭 시편에는 이러한 감각들을 통해 시의 메타적 의미에 가닿는 과정이 다양한 무늬로 펼쳐져 있다.

시인은 "바람결 한가운데"서 '뼈'를 발견한다. 그 뼈로 인해 "미친 피리"가 구성된다. "들꽃의 음"을 천 갈래의 비산(飛散)으로 만드는 힘도 바로 거기서 나온다. "돌의 비명"과 "처음 듣는 母語"는 모두 '바람의 뼈'가 구현해 내는 "궁륭 가득 흐르는 神律"(「비의 문양」) 같은 것일 터이다. 시인은 그러한 "생사를 넘나드는 음역"을 바라보면서 "저 각골의 역사에 인간의 사랑이 속해" 있음을 더없이 강조한다. 모든 뼈마디가 부서지더라도 거기에 가닿아야 하는 까닭 역시 사랑 때문이다. 하루종일 '바람의 뼈'를 불어대는 풍경을 후경(後景)으로 두른 채, 시인은 "그리움이라든지 애달픔이라든지" 하는 음계에 다다라 "한 사람의 귓불을 스쳐오는 소리"와 "이제는 이 세상에 없는 음성을 전해 주는 바람 소리"와 "그대와 나 사이에 인간의 말을 웅얼거리며 가로놓인 뼈의 소리"를 연쇄적으로 듣는다. 그 소리들이 바로 "가장 아픈 악기"로 "떠나가거나 속이 텅 비어야 가득해지는" 음악을 만들어 내는 것이다.

이처럼 윤의섭은 '바람의 뼈'라는 독자적 이미지 속에서 근원적인 소리들을 듣는다. 마치 "간절한 소식은 끝내 오지 않거나 이미 왔다 가 버리는"(「꽃의 탄생」) 것이듯이, 그것은 지상에 잠깐 머무르면서 가장 아프고도 가득하고 간절한 음악을 전해 준다. 마치 "어떤 일몰은 어떻게 살았는지 해독하기 힘든 암호이고/ 어떤 일몰은 평생을 간직해야 할 秘書"(「일몰의 서사」)가 되듯이, '바람의 뼈'는 이러한 절절한 언어로 번역된다. 그리고 그 극점에 '고요'를 배치한다. 모두 '시=말=소리(음악)'라는 등식이 수행하는 원리이다.

> 들리는 소리가 다는 아니다
> 물론 소멸을 지지하지만
> 내 귀에 들리는 소리는 먼 여정에 쇠잔하여 미처 듣지 못하는 전언도 있는 것이다
> 이를테면 당신의 사랑한다는 말은
> 얼마나 많은 곁가지를 흘려버린 채 내게 와 닿는 것일까
>
> 나무에 귀를 대고 물 오르는 소리를 듣는다
> 한 방울 물기를 찾아가는 뿌리가 암벽에 부딪혀 절망하는

소리를 듣는다

무성한 잎사귀 품으로 햇살 끌어 모으는 은은한 교성은
밤이 되어서야 수런거리는 꽃꿈으로 바뀐다

멀리 호면에 부딪치는 별빛의 파찰음도
능선을 굽이치는 바람이 순식간에 싸안고 가 버린 숲의 소리도
땅위에 투신하는 빗방울이 남긴 폭음도
천 년 전 멸종한 어느 짐승이 마지막으로 흘린 숨소리도
거리를 서성이다 쓸쓸히 계절을 넘기고는 다시 누군가의 생으로 건너간다

귀는 죽어간 모든 소리의 무덤이다
내 귀에 당신의 목소리가 묻힌다
너무 멀리서 오느라 떨어져 나간 소리들은 차마 듣고 싶지 않다

홀씨처럼 정처 없이 떠다니다 영영 고요가 되는 소리도 있다

—「고요 소리」

물론 '고요 소리'는 "들리는 소리" 너머에 있다. 그것은 "내 귀에 들리는 소리는 먼 여정에 쇠잔하여 미처 듣지 못

하는 전언"이기 때문이다. 또한 그것은 "사랑한다는 말"처럼 "많은 곁가지를 흘려버린 채 내게 와 닿는 것"이다. 말할 것도 없이 나무의 "물 오르는 소리"나 "한 방울 물기를 찾아가는 뿌리가 암벽에 부딪혀 절망하는 소리"를 들을 때 그것들은 한결같이 은은하게 수런거리는 소리로 다가온다. '꽃꿈'이라는 아름다운 심상 속으로 사라져 가는 그 소리들은 "멀리 호면에 부딪치는 별빛의 파찰음"이나 "능선을 굽이치는 바람이 순식간에 싸안고 가 버린 숲의 소리" 혹은 "땅위에 투신하는 빗방울이 남긴 폭음"을 감싸안으면서 "천 년 전 멸종한 어느 짐승이 마지막으로 흘린 숨소리"까지 들려주는 게 아닌가. 그렇게 "죽어간 모든 소리의 무덤"인 귀를 기울여 시인은 "홀씨처럼 정처 없이 떠다니다 영영 고요가 되는 소리"를 채집하는 것이다. 따라서 이 '고요소리'는, 앞에서 본 '바람의 뼈'처럼, "마지막 남은 모국어"(「終의 서시」)가 되어, "가장 오래 된/빗나간 적 없는 참언"(「상흔」)이 되어, 스스로 발화하기도 하고 스스로 사라져 가기도 하는 '말'의 최종 형식이 된다. 이때 '소리=말'은 모두 '시'의 은유적 등가물로서, 심미적 기원을 찾아가는 윤의섭 시학의 아득한 시적 메타성을 보여 주기에 족한 매개가 되는 것이다.

이처럼 윤의섭 시편의 출발점과 귀결점에는 그 스스로 '시'에 대해 사유하는 깊은 자의식이 밀도 있게 배치되어 있다. 그는 '시'가 '말(언어)'로 이루어진 실존의 예술이며,

자신의 '말'이 지속적이며 불가항력적인 존재론적 숨결임을 적극 고백한다. 그리고 '말'을 통해 자신을 미적으로 완성하는 '시쓰기'야말로 양도할 수 없는 자신만의 존재 방식이라고 노래하는 것이다.

4

말할 것도 없이, 삶을 비극적 형식으로 형상화하는 태도는 시에서 매우 일반적인 현상일 것이다. 물론 비극성 속에 깊이 잠겨 감상적 자기 탐닉에 빠진다면 그것은 범상한 동어반복으로 머무를 위험성을 지닌다. 이때 사물을 바라보는 감각과 사유의 새로움이 절실하게 요청되는데, 윤의섭 시편들은 존재론적 현기(眩氣)를 수반하는 감각적 선명성을 지향하면서도 그 안에 강렬한 미학적 전율을 환기하는 남다른 사유를 배치함으로써 이러한 새로움을 구현해 낸다. 생을 깊은 허무의 시선으로 바라보기는 하지만 그 심연에서 신비로운 생성 과정을 발견함으로써 그의 시편들은 삶을 견뎌 가는 강한 내성을 담아낸다. 그것은 그가 세계 안으로 자신을 투사(投射)하면서 동시에 그 안에서 존재의 확산과 갱신을 꾀하고 있기 때문일 것이다. 이렇듯 선명한 감각과 타자성의 사유를 결속한 윤의섭 시편들은 존재와 언어의 확산 과정을 철저하게 거쳐 내면서 우리로 하여금 삶과 죽음, 사랑의 부재와 현존, 말의 순간성과 영원성을 사유하게 해 준다. 그러한 윤의섭의 도정은 “길고 긴 외경의 시간”(「그의 여행」)을 지나 “남은 생을 다 바쳐야 할 것”(「사십이 페이지」)이라는 고백 속에 함축되어 있다.

지금까지 우리가 읽어 왔듯이 윤의섭의 이번 시집은 ‘사랑’의 묵시록이자 ‘말’의 묵시록이다. 뚜렷하게 “심장을 발화점으로” 삼으면서 “신화보다도 신비로운 생각이 탄생”(「불가능한 추억」)하는 장면이 거기에 선명하게 깃들어 있다. 그래서 우리는 그의 이번 시집이 ‘사랑’의 부재와 ‘말’의 실존을 감싸 안는 묵시의 시학을 보여 주었다고 귀납할 수 있을 것이다. 그렇다면 이렇듯 역동적이고 개성적인 음역을 우리에게 보여 준 그의 시편들은 이제 어디를 향하게 될까? 보다 더 근원적인 깊이를 담은 형이상학적 전율로 떠나가게 될까? 아니면 사물의 구체성과 환상성을 결합하는 그만의 심미적 행보를 계속 이어 갈까? 혹은 내적 감각의 섬세한 고백으로 침잠해 갈까? 여러 모양을 취해도 윤의섭만의 장인(匠人)으로서의 솜씨가 빛을 발하겠지만, 나로서는 심미적 감각과 형이상학적 충동이 매개되고 결속된 그만의 독특한 음색을 다음 시집에서 만나 보고 싶다.

저자 **윤의섭**

1968년 경기도 시흥에서 태어났다. 1994년《문학과 사회》로 등단했다. 시집『말괄량이 삐삐의 죽음』,『천국의 난민』,『붉은 달은 미친 듯이 궤도를 돈다』,『마계』가 있다. 현재 '21세기 전망' 동인으로 활동 중이며 대전대 국어국문창작학부 교수로 재직 중이다. 2009년 애지문학상(시 부문)을 수상했다.

묵시록

1판 1쇄 찍음 2015년 4월 23일
1판 1쇄 펴냄 2015년 4월 30일

지은이 윤의섭
발행인 박근섭, 박상준
펴낸곳 (주)민음사

출판등록 1966. 5.19. (제16-490호)
서울특별시 강남구 도산대로1길 62(신사동)
강남출판문화센터 5층 (135-887)
대표전화 515-2000 / 팩시밀리 515-2007
www.minumsa.com

ISBN 978-89-374-0829-8 04810
978-89-374-0802-1 (세트)

민음의 시
목록

039 낯선 길에 묻다 성석제
040 404호 김혜수
041 이 강산 녹음 방초 박종해
042 뿔 문인수
043 두 힘이 숲을 설레게 한다 손진은
044 황금 연못 장옥관
045 밤에 용서라는 말을 들었다 이진명
046 홀로 등불을 상처 위에 켜다 윤후명
047 고래는 명상가 김영태
048 당나귀의 꿈 권대웅
049 까마귀 김재석
050 늙은 퇴폐 이승욱
051 색동 단풍숲을 노래하라 김영무
052 산책시편 이문재
053 입국 사이토우 마리코
054 저녁의 첼로 최계선
055 6은 나무 7은 돌고래 박상순
056 세상의 모든 저녁 유하
057 산화가 노혜봉
058 여우를 살리기 위해 이학성
059 현대적 이갑수
060 황천반점 윤제림
061 몸나무의 추억 박진형
062 푸른 비상구 이희중
063 님시편 하종오
064 비밀을 사랑한 이유 정은숙
065 고요한 동백을 품은 바다가 있다 정화진
066 내 귓속의 장대나무 숲 최정례
067 바퀴소리를 듣는다 장옥관
068 참 이상한 상형문자 이승욱
069 열하를 향하여 이기철
070 발전소 하재봉
071 화염길 박찬
072 딱따구리는 어디에 숨어 있는가 최동호
073 서랍 속의 여자 박지영
074 가끔 중세를 꿈꾼다 전대호
075 로큰롤 해븐 김태형
076 에로스의 반지 백미혜
077 남자를 위하여 문정희
078 그가 내 얼굴을 만지네 송재학
079 검은 암소의 천국 성석제
080 그곳이 멀지 않다 나희덕
081 고요한 입술 송종규
082 오래 비어 있는 길 전동균
083 미리 이별을 노래하다 차창룡
084 불안하다, 서 있는 것들 박용재
085 성찰 전대호
086 삼류 극장에서의 한때 배용제
087 정동진역 김영남
088 벼락무늬 이상희
089 오전 10시에 배달되는 햇살 원희석
090 나만의 것 정은숙
091 그로테스크 최승호
092 나나 이야기 정한용
093 지금 어디에 계십니까 백주은
094 지도에 없는 섬 하나를 안다 임영조
095 말라죽은 앵두나무 아래 잠자는 저 여자 김언희
096 흰 책 정끝별
097 늦게 온 소포 고두현
098 내가 만난 사람은 모두 아름다웠다 이기철
099 빗자루를 타고 달리는 웃음 김승희
100 얼음수도원 고진하
101 그날 말이 돌아오지 않는다 김경후
102 오라, 거짓 사랑아 문정희
103 붉은 담장의 커브 이수명
104 내 청춘의 격렬비열도엔 아직도 음악 같은 눈이 내리지 박정대
105 제비꽃 여인숙 이정록
106 아담, 다른 얼굴 조원규
107 노을의 집 배문성
108 공놀이하는 달마 최동호
109 인생 이승훈
110 내 졸음에도 사랑은 떠도느냐 정철훈
111 내 잠 속의 모래산 이장욱
112 별의 집 백미혜
113 나는 푸른 트럭을 탔다 박찬일

114 사람은 사랑한 만큼 산다 박용재
115 사랑은 야채 같은 것 성미정
116 어머니가 촛불로 밥을 지으신다 정재학
117 나는 걷는다 물먹은 대지 위를 원재길
118 질 나쁜 연애 문혜진
119 양귀비꽃 머리에 꽂고 문정희
120 해질녘에 아픈 사람 신현림
121 Love Adagio 박상순
122 오래 말하는 사이 신달자
123 하늘이 담긴 손 김영래
124 가장 따뜻한 책 이기철
125 뜻밖의 대답 김언희
126 삼천갑자 복사빛 정끝별
127 나는 정말 아주 다르다 이만식
128 시간의 쪽배 오세영
129 간결한 배치 신해욱
130 수탉 고진하
131 빛들의 피곤이 밤을 끌어당긴다 김소연
132 칸트의 동물원 이근화
133 아침 산책 박이문
134 인디오 여인 곽효환
135 모자나무 박찬일
136 녹슨 방 송종규
137 바다로 가득 찬 책 강기원
138 아버지의 도장 김재혁
139 4월아, 미안하다 심언주
140 공중 묘지 성윤석
141 그 얼굴에 입술을 대다 권혁웅
142 열애 신달자
143 길에서 만난 나무늘보 김민
144 검은 표범 여인 문혜진
145 여왕코끼리의 힘 조명
146 광대 소녀의 거꾸로 도는 지구 정재학
147 슬픈 갈릴레이의 마을 정채원
148 습관성 겨울 장승리
149 나쁜 소년이 서 있다 허연
150 앨리스네 집 황성희
151 스윙 여태천
152 호텔 타셀의 돼지들 오은
153 아주 붉은 현기증 천수호
154 침대를 타고 달렸어 신현림
155 소설을 쓰자 김언
156 달의 아가미 김두안
157 우주전쟁 중에 첫사랑 서동욱
158 시소의 감정 김지녀
159 오페라 미용실 윤석정
160 시차의 눈을 달랜다 김경주
161 몽해항로 장석주
162 은하가 은하를 관통하는 밤 강기원
163 마계 윤의섭
164 벼랑 위의 사랑 차창룡
165 언니에게 이영주
166 소년 파르티잔 행동 지침 서효인
167 조용한 회화 가족 No. 1 조민
168 다산의 처녀 문정희
169 타인의 의미 김행숙
170 귀 없는 토끼에 관한 소수 의견 김성대
171 고요로의 초대 조정권
172 애초의 당신 김요일
173 가벼운 마음의 소유자들 유형진
174 종이 신달자
175 명왕성 되다 이재훈
176 유령들 정한용
177 파묻힌 얼굴 오정국
178 키키 김산
179 백 년 동안의 세계대전 서효인
180 나무, 나의 모국어 이기철
181 밤의 분명한 사실들 진수미
182 사과 사이사이 새 최문자
183 애인 이응준
184 얘들아, 모든 이름을 사랑해 김경인
185 마른하늘에서 치는 박수 소리 오세영
186 ㄹ 성기완
187 모조 숲 이민하
188 침묵의 푸른 이랑 이태수
189 구관조 씻기기 황인찬
190 구두코 조혜은
191 저렇게 오렌지는 익어 가고 여태천